Carol Barton

Magische Wunschgeschichten

Im Reich der Meerjungfrau

Im Einhornwald

Für Daniel und Amy, in Liebe

Carol Barton hat schon als junges Mädchen ihre Gedanken und Ideen zu Papier gebracht. Diese Leidenschaft wurde zu ihrem Beruf. Inzwischen hat sie über sechzig Bücher für Kinder und Erwachsene geschrieben. Zusammen mit ihrem Mann lebt sie auf der Isle of Wight im Süden Großbritanniens.

Carol Barton

Magische Wunschgeschichten

Im Reich der Meerjungfrau
Im Einhornwald

Band 1 und 2

Aus dem Englischen
von Sabine Tandetzke

Ravensburger Buchverlag

Als Ravensburger Taschenbuch
Band 52418
erschienen 2010

Die Originalausgaben erschienen 2006
unter den Titeln „Unicorn Wishes“ und „Mermaid Wishes“
bei Scholastic Ltd., London

Dieser Doppelband enthält zwei Bände der Reihe
„Magischer Wunschzauber“,
erstmals erschienen 2008 im Ravensburger Buchverlag:
„Selina im Einhornwald“ (Band 1)
„Selina im Reich der Meerjungfrau“ (Band 2)

Umschlaggestaltung: Dirk Lieb
unter Verwendung zweier Illustrationen
von Almud Kunert

1 2 3 12 11 10

Printed in Germany

ISBN 978-3-473-52418-1

www.ravensburger.de

Im Einhornwald

Zavania
Der Eispalast
Der verzauberte Wald
Das königliche Schloss

Inhalt

Die Einhörner Zavanias sind sanfte,
friedliebende Geschöpfe, aber sie kämpfen
erbittert, wenn jemand ihre Fohlen angreift.
Die strahlend weißen Zauberwesen
leben auf den tiefer gelegenen Hängen
der Wolkenberge, doch jedes Jahr
verlässt die Herde die heimischen Weiden
und begibt sich auf die Reise durch
einen Wald voller Gefahren …

Sebastian

„Hast du schon das Neueste gehört?“

„Nein, was denn?“

„Selina hat ’ne Zahnspange gekriegt!“

„Als ob sie mit all den Sommersprossen nicht schon hässlich genug wäre.“

„Und dann noch dieser Karottenkopf!“

Den ganzen Tag musste Selina sich die fiesen Bemerkungen ihrer Klassenkameraden anhören. Ihre Freundin Lara machte natürlich nicht mit. Das tat sie nie, wenn die anderen Selina ärgerten und sich über sie lustig machten. Aber sie konnte es auch nicht verhindern. Wenn sie es versuchte, lachten die Kinder sie aus und nannten sie Lara Vierauge, weil sie eine Brille trug.

Selina war verzweifelt gewesen, als der Zahnarzt ihr mitgeteilt hatte, dass sie eine Spange brauchte. „Wenn du sie jetzt trägst, wirst du mit sechzehn wunderschöne Zähne haben", hatte er gesagt.

„Es ist mir egal, wie ich mit sechzehn aussehen werde", hatte Selina ihrer Mutter nach dem Arztbesuch vorgejammert. „Für mich ist im Moment viel wichtiger, was die anderen sagen, wenn ich demnächst mit diesem Horrorteil in die Schule komme."

„Bestimmt sagen sie gar nichts dazu", hatte ihre Mutter zuversichtlich erwidert, aber sie hatte leider nicht Recht behalten.

Als Selina aus der Schule zurück war, verbrachte sie eine geschlagene Stunde vor dem Spiegel und übte zu reden und zu lächeln, ohne dass man dabei ihre Zähne sah. Aber das war nahezu unmöglich. Die hässlichen Metalldrähte erinnerten Selina an ein Monster, das sie mal in einem Film gesehen hatte. Schließlich lief sie den Tränen nahe aus dem Haus und in den Garten.

Die Gärten der Häuserreihe, in der Selina lebte, waren lang und schmal und endeten an einem kleinen Fluss. Am Ufer standen viele Bäume: wuchtige Eschen, hohe Platanen und Trauerweiden, deren Zweige bis ins Wasser hingen. Manchmal faltete Selina kleine Schiffchen aus Papier und ließ sie zu Wasser. Sie sah zu, wie sie auf- und niederwippten, kurz eintauchten und dann stromabwärts verschwanden. Aber heute war ihr nicht nach Spielen zumute. Obwohl das Sonnenlicht lustig auf dem Wasser glitzerte, war sie immer noch aufgebracht wegen der fiesen Kommentare ihrer Mitschüler.

Selina setzte sich ans Ufer und wollte gerade Schuhe und Socken ausziehen, um ihre Zehen ins Wasser zu tauchen, als eine leichte Bewegung hinter dem Vorhang aus Weidenzweigen ihren Blick auf sich zog. Sie erstarrte und schaute gebannt in das grüne Dämmerlicht. Da war es wieder! Hastig rappelte Selina sich auf. Sie schob einen Zweig beiseite und warf neugierig einen Blick ins Halbdunkel.

Unter den Weiden lag ein Boot vertäut.

Es war lang und flach und zum Teil mit einer grünen Plane abgedeckt. Selina betrachtete es verblüfft. Ein Boot in diesem Teil des Flusslaufs war sehr ungewöhnlich. Die Bewohner in den größeren Häusern flussabwärts besaßen Boote und sogar Anlegestege, aber dort war der ruhige, kleine Nebenarm bereits in den schneller fließenden Strom übergegangen.

Vorsichtig ließ Selina ihren Blick über das Ufer wandern und fragte sich, ob der Besitzer des Bootes wohl in der Nähe war. Aber es war niemand zu sehen. Mit einem leisen Plätschern schlug das Flusswasser gegen die Planken, sonst herrschte absolute Stille.

Selina packte das unwiderstehliche Bedürfnis, sich das Boot aus der Nähe anzusehen. Sie hielt sich an einigen Weidenästen fest und stieg ein. Eine Weile schwankte das Boot wie verrückt hin und her. Hastig setzte Selina sich hin, weil sie Angst hatte, sie könnte über Bord gehen.

Auf dem Boden des Bootes lagen Kissen in leuchtenden Farben, auf denen verschiedene Vögel abgebildet waren: Pfauen, Fasane und Papageien. Während Selina die Muster mit dem Finger nachzog, hörte sie ein Geräusch. Es klang, als hätte ein Zweig im Unterholz der Böschung geknackt.

Sie erstarrte, hob den Kopf und lauschte angestrengt.

Noch ein Knacken! Eindeutig näherte sich jemand vom Ufer aus dem Boot. In wenigen Sekunden würde er unter den Zweigen auftauchen.

Ohne lange nachzudenken, kauerte Selina sich auf den Boden und zog die grüne Segeltuchplane über den Kopf. Wenn sie Glück hatte, ging der Unbekannte einfach vorbei und sie konnte wieder hervorkommen.

Mit angehaltenem Atem wartete sie ab, was nun passieren würde. Es war nur ein leichtes Rucken des Bootes zu spüren, aber kein Laut zu hören.

Als sie bereits annahm, dass der Unbekannte wieder verschwunden war, merkte sie zu ihrem Entsetzen, dass das Boot sich bewegte.

Sanft und lautlos glitt es durchs Wasser.

Im ersten Augenblick war Selina zu erschrocken, um etwas zu unternehmen.

Vielleicht wurde sie gerade entführt. Sie hatte Geschichten von Kindern gehört, die gekidnappt worden waren. Entführer waren böse Menschen, die Kinder gefangen hielten. Sie riefen deren

Eltern an und verlangten furchtbar viel Geld, das normalerweise in einer Plastiktüte in einen Mülleimer am Straßenrand geworfen wurde.

Passierte ihr das auch gerade? Das kam Selina unwahrscheinlich vor. Ihre Eltern waren ja nicht mal reich.

Selina konnte sich nicht genau erinnern, wie die Kidnapper im Fernsehen ausgesehen hatten. Und während sie so darüber nachdachte, merkte sie, dass sie sich nicht sicher war, ob sie überhaupt schon mal ein Foto von einem Entführer gesehen hatte.

Wenn sie eine Ecke der Plane lüftete, konnte sie vielleicht einen kurzen Blick riskieren. Und sobald das Boot anlegte, würde sie versuchen zu fliehen und am Flussufer entlang zurück zu ihrem Garten laufen.

Langsam und sehr, sehr vorsichtig hob Selina die Plane an und spähte hinaus.

Zuerst sah sie nur eine dichte Nebelwolke, die um das Boot herumzuwirbeln schien. Wie in Zeitlupe reckte sie den Hals und entdeckte jemanden am anderen Ende des Bootes.

Die Gestalt hielt eine lange, hölzerne Stange

in den Händen. Durch die Nebelschwaden hindurch sah Selina, wie der Unbekannte sie tief ins Wasser stieß und das Boot damit vorwärtstrieb.

Selina blinzelte. Als der Nebel sich für einen Augenblick lichtete, konnte sie etwas mehr erkennen. Die Gestalt mit der Holzstange war ein Junge – ein großer, schlanker Junge. Wahrscheinlich war er nicht viel älter als sie. Er trug ein weißes Hemd mit weiten Ärmeln, dunkle Hosen aus Samt und einen langen schwarzen Umhang.

Sein dunkles Haar sah aus wie ein eng anliegender Helm und seine Haut schimmerte beinahe golden. Feingliedrige, gebräunte Hände umfassten die Holzstange so liebevoll, als würden sie ein Musikinstrument spielen. Am Zeigefinger der rechten Hand trug der Junge einen auffälligen Diamantring, der jedes Mal aufblitzte, wenn das Licht darauffiel.

Der Kerl sah jedenfalls überhaupt nicht so aus, wie Selina sich einen Entführer vorstellte.

Im Gegenteil. Sie fand, dass er der schönste Mensch war, den sie je gesehen hatte.

Während Selina den Jungen mit offenem Mund anstarrte und dabei völlig vergaß, sich zu verstecken, drehte er sich plötzlich um. Jetzt sah Selina, dass seine Augen mandelförmig und honigbraun waren.

Der Junge schien ganz schön überrascht, ja regelrecht erschrocken, Selina hier vorzufinden. Das sprach auch nicht gerade dafür, dass er ein Kidnapper war.

„Wer bist du?“, fragte er und kniff die Augen unter den schwarzen Brauen zusammen.

„Selina“, antwortete sie. „Selina Oliver.“

„Und was machst du hier in meinem Boot?“

„Ich wollte nur mal einen Blick hineinwerfen“, sagte sie kleinlaut. „In unserem Teil des Flusses sieht man nämlich nicht sehr oft welche.“

„Ich habe irgendwo eine falsche Abzweigung genommen“, meinte er, „und ich musste ans Ufer, um herauszufinden, wo ich bin.“

„Dann bist du also kein Kidnapper?“, wollte sie wissen.

„Natürlich nicht!“, erwiderte der Junge entrüstet. „Sehe ich etwa so aus?“

Selina schüttelte den Kopf. Sie wollte nicht zugeben, dass sie keine Ahnung hatte, wie ein Kidnapper aussieht.

„Kannst du mich wieder nach Hause bringen?“, fragte sie nach einer Weile, während das Boot weiterhin mit einer beunruhigenden Geschwindigkeit dahinglitt.

„Im Moment nicht“, sagte der Junge. „Ich bin nämlich auf dem Weg zu meinem Herrn, um zu erfahren, was meine nächste Aufgabe ist. Und ich bin ziemlich spät dran.“

„Oh Mann!“, seufzte Selina. „Und was soll ich jetzt machen?“

„Wenn du willst, kannst du mit mir kommen“, bot der Junge an.

„Hm, ich weiß nicht.“ Selina krabbelte unter der Segeltuchplane hervor. „Wie weit fährst du denn noch?“

„Ich muss zuerst zum Schloss und von da aus geht's weiter. Begleite mich doch! Ich würde mich über deine Gesellschaft freuen.“

„Wirklich?“ Selina schaute ihn verwundert an. Seine Stimme klang irgendwie seltsam. Fast, als würde er singen, anstatt zu sprechen.

„Ja, wirklich“, sagte der Junge. „Manchmal fühle ich mich ziemlich einsam. Besonders wenn mich die Aufgabe weit wegführt.“

„Das kann ich mir denken", meinte Selina. Sie schwieg einen Moment und beobachtete, wie er den Kopf neigte und die Stange durch die Finger gleiten ließ. Sein Hals war lang und geschwungen wie der eines Schwans. „Aber ... äh ... wo genau fahren wir denn hin?", fragte sie.

„Das erfahre ich doch erst, wenn wir beim Schloss sind. Mein Herr hat seine Gemächer im Ostturm. Er wird mir alle Einzelheiten genau erklären."

„Ich darf aber nicht allzu lange wegbleiben", sagte Selina.

„Mach dir deswegen keine Sorgen", erwiderte der Junge mit einem lässigen Lächeln. „Du wirst genau zur richtigen Zeit zurück sein."

„Ach ja? Und woher willst du das wissen, wenn du nicht mal 'ne Ahnung hast, wo wir hinfahren?", fragte Selina spitz.

„Du musst mir schon vertrauen", sagte der Junge.

„Also, ich weiß nicht recht", murmelte Selina. Sie hätte ihn zu gerne zu diesem Schloss begleitet, aber sie wusste, dass sie das nicht durfte. Ihre Mutter hatte sie immer wieder davor gewarnt, mit Fremden mitzugehen, und nichts anderes war der schöne Kerl für sie. „Ich glaube, ich sollte jetzt besser nach Hause fahren“, sagte sie schließlich. Doch der Junge schien ihr gar nicht zuzuhören. Angestrengt starrte er durch den Nebel und beugte sich etwas vor, als das Boot unter den letzten Weiden dahinglitt.

Von einer Sekunde auf die andere war der Nebel verschwunden und sie tauchten in strahlendes Sonnenlicht ein, das auf dem Wasser tanzte und funkelte. Der Fluss war zu einem breiten und schnellen Strom geworden.

Verwundert sah Selina sich um. Von den großen Häusern, die sich flussabwärts befanden, war keine Spur mehr zu sehen. Stattdessen erstreckten sich zu beiden Seiten des Stroms weitläufige grüne Wiesen voller Wildblumen. Sie erkannte roten Mohn, Margeriten und tiefblaue Kornblumen.

In einiger Entfernung ragten hohe Berge mit schneebedeckten Gipfeln in das unendliche Blau des Himmels. Neben dem Boot sprangen schillernde Fische aus dem Wasser und tauchten wieder hinab, leuchtend bunte Schmetterlinge jagten sich gegenseitig und das fröhliche Zwitschern eines Singvogels erfüllte die Luft.

„Oh“, hauchte Selina. „Es ist wunderschön hier. Wo sind wir?“

„Wie meinst du das?“ Der Junge drehte sich zu ihr um und stützte sich auf die hölzerne Stange, während die Strömung das Boot weitertrieb. „Bist du noch nie hier gewesen?“

„Ich bin schon mal im Ruderboot meines Onkels den Fluss hinuntergefahren“, sagte sie, „aber da hat alles ganz anders ausgesehen. Wie heißt dieser Ort?“

„Zavania“, antwortete der Junge.

„Oh“, sagte Selina noch einmal. Dann zögerte sie. Sie hätte ihn furchtbar gerne begleitet. „Wenn ich mit dir komme, würdest du mich dann rechtzeitig zum Kuchenessen wieder zurückbringen?“, fragte sie.

„Klar!“, antwortete er, ohne zu zögern.

„Wenn das so ist“, sagte Selina langsam, „bin ich dabei.“

„Prima“, meinte der Junge. „Du kannst mir helfen.“

„Wenn ich dir helfen soll, wüsste ich aber gerne

deinen Namen“, sagte Selina. „Meinen kennst du ja schon.“

„Stimmt“, erwiderte der Junge. „Du heißt Selina. Und ich“, er lächelte sie geheimnisvoll an, „ich bin Sebastian.“

Zack, der Rabe

„Sebastian und wie weiter?“, fragte Selina neugierig.

„Einfach nur Sebastian“, antwortete der Junge und zuckte die Achseln.

„Hast du denn keinen Nachnamen?“, wollte Selina wissen.

„Nein“, erwiderte er. „Zack hat mich Sebastian genannt.“

„Wer ist Zack?“

„Du stellst aber eine Menge Fragen“, meinte Sebastian. „Zack gehört dem Herrn der Wünsche. Du wirst die beiden kennenlernen, wenn wir das königliche Schloss erreichen.“

Selina schaute ihn erstaunt an. „Was ist denn ein Herr der Wünsche?“, fragte sie.

„Das ist jemand, der dafür sorgt, dass Wünsche in Erfüllung gehen“, antwortete Sebastian. Er richtete sich auf und blickte zum Fluss. Während sie sich unterhielten, hatten sie schon einige Meilen zurückgelegt. Die Felder und das Ufer des Flusses glitten rasend schnell an ihnen vorbei.

„Das mit dem Herrn der Wünsche verstehe ich nicht“, sagte Selina.

„Ist doch ganz einfach“, erwiderte Sebastian. „Wenn irgendjemand sich etwas wünscht, entscheidet Zenobius, also mein Herr, ob dieser Wunsch wichtig genug ist, um erfüllt zu werden. Wenn das der Fall ist, muss er dafür sorgen, dass es auch geschieht. Und ich helfe ihm dabei, ich übe nämlich gerade das Erfüllen von Wünschen.“ Als Sebastian bemerkte, dass Selina ziemlich verdutzt guckte, fügte er hinzu: „Wir sind jetzt auf dem Weg zu meinem Herrn, damit er mir erklären kann, was meine nächste Aufgabe ist.“

„Ist das aufregend!“, stieß Selina hervor. „Was wünschen sich die Leute denn so?“

„Ach, alles Mögliche“, sagte Sebastian und machte eine wegwerfende Handbewegung.

„Ja, aber was denn genau?“, drängelte Selina, die es vor Neugier kaum noch aushielt.

„Hm“, machte der Junge und legte den Kopf schief, als würde er darüber nachdenken. „Nehmen wir zum Beispiel mal letzte Woche. Da hat Zenobius mich in die königlichen Gärten geschickt, weil Prinzessin Clarissa sich etwas gewünscht hatte. Dort angekommen, erfuhr ich, dass sie unbedingt auf dem Rücken eines schwarzen Schwans reiten wollte.“

„Und? Konntest du ihr diesen Wunsch erfüllen?“, fragte sie interessiert.

„Nein“, antwortete Sebastian. „Als ich Zenobius davon berichtete, meinte er, der Wunsch sei nicht wichtig genug, auch wenn er von der Prinzessin käme.“

„Und was hat sie dazu gesagt?“, erkundigte sich Selina.

„Es hat ihr überhaupt nicht gefallen“, grummelte Sebastian, „aber an Zenobius' Entscheidungen kann keiner rütteln.“

„Komm, erzähl mir mal von einem Wunsch, den du erfüllt hast“, bat Selina.

„Das ist noch gar nicht lange her“, meinte Sebastian lässig. „Es geschah, kurz bevor ich dich in meinem Boot entdeckt habe. Manchmal muss ich große Entfernungen zurücklegen, aber diesmal hatte ich es nicht allzu weit. Ich sollte zum Drachenfelsen reisen, weil einer der Drachen, die dort leben, kein Feuer speien konnte. Mal ganz ehrlich, ein Drache, der kein Feuer speien kann, ist doch kein richtiger Drache, oder?"

„Wahrscheinlich nicht", sagte Selina zögerlich. „Aber ich hätte nicht gedacht, dass es Drachen wirklich gibt."

„Das lässt du mal besser nicht die Drachen in den königlichen Stallungen hören", sagte Sebastian mit einem Grinsen. „Sie können ziemlich hitzig werden, wenn man sie ärgert."

„Was hat sich der Drache denn gewünscht?"

„Na, dass er auch Feuer speien kann", antwortete Sebastian.

„Und? Konntest du ihm seinen Wunsch erfüllen?", wollte Selina wissen.

„Ja, letzten Endes schon", erwiderte Sebastian.

„Was meinst du mit ‚letzten Endes'?"

„Na ja, Zenobius gibt mir jedes Mal zwei Zaubersprüche mit, die mir bei der Erfüllung eines Wunsches helfen sollen. Die Zaubersprüche muss ich direkt vor Ort aussprechen, damit sie überhaupt wirken. Sie haben nämlich keine unbegrenzte Reichweite“, erklärte er. „Und ich hatte ein bisschen Probleme, mir die Worte des einen Spruchs zu merken. Ich bin nämlich noch in der Ausbildung, musst du wissen.“

„Und wie genau funktionieren diese Zaubersprüche?“, fragte Selina. „Schwenkst du dabei etwa einen Zauberstab?“

„Nein, ich sage den Spruch auf und dann benutze ich das hier“, erklärte Sebastian und schlug dabei seinen Umhang zurück. Er zeigte auf den Ring mit dem großen Stein an seinem Finger. „Zenobius leiht mir für jeden Auftrag einen anderen Ring“, fuhr er fort. „Wie du siehst, war es diesmal ein Diamant. Neulich war es ein Amethyst, demnächst ist es dann ein Rubin oder ein anderer Stein. Jedenfalls sorgt dieser Edelstein dafür, dass der Zauberspruch funktioniert.“

„Du hast also zwei Zaubersprüche für jeden Wunsch?“, fragte Selina. Als Sebastian nickte, fügte sie hinzu: „Könntest du dann nicht einfach den ersten dazu benutzen, um an dein Ziel zu kommen, und den zweiten, um den Wunsch zu erfüllen?“

„So einfach ist das nun auch wieder nicht“, sagte Sebastian und klang dabei ein bisschen beleidigt. „Ich muss Zenobius beweisen, dass ich die Zaubersprüche klug einsetzen kann. Und was ist, wenn ich in Gefahr gerate, nachdem ich den Wunsch erfüllt habe und beide Zaubersprüche schon verbraucht sind? Wie soll ich dann wieder zurückkommen?“

„Oh“, hauchte Selina. „Ich verstehe. Dann wärst du wirklich aufgeschmissen.“

„Wenn ich irgendwann einmal genug Wünsche erfüllt habe, bekomme ich die Goldenen Sporen verliehen“, fügte Sebastian hinzu.

„Oh“, sagte Selina noch einmal. „Und was ist das?“

„Mit den Goldenen Sporen werde ich ebenfalls ein richtiger Herr der Wünsche sein“, verkündete Sebastian und richtete sich stolz zu seiner vollen Größe auf.

Selina war sprachlos und schaute ihn bewundernd an.

Sebastian strahlte bis über beide Ohren, doch dann hob er ruckartig den Kopf. „Oh nein!“, rief er aus.

„Was ist denn?“, fragte Selina, beunruhigt von dem ängstlichen Unterton in seiner Stimme.

„Der fiese Haromin!“, seufzte Sebastian. „Er wird uns nicht vorbeilassen.“

Selina blickte sich um und stellte erstaunt fest, dass die Landschaft um sie herum nun ganz anders aussah. Sebastians Bericht war so spannend gewesen, dass sie das gar nicht mitbekommen hatte. Die Wiesen voller bunter Wildblumen waren mächtigen Steinbrocken und schroffen Felswänden gewichen, die zu beiden Seiten steil neben ihnen aufragten.

„Wer ist Haromin?“, flüsterte sie und klammerte sich ängstlich an den Bootsrand.

„Da ist er“, sagte Sebastian mit gedämpfter Stimme. „Dort oben, auf dem Felsen.“

Beunruhigt folgte Selina seinem Blick. Auf einem flachen Felsen, der weit über das Wasser hinausragte, entdeckte sie eine Gestalt: eine riesige, fette Kröte.

Aber es handelte sich nicht um eine normale

Kröte. Das seltsame Wesen hatte eine schmutzig orangefarbene Haut, die mit violetten Flecken übersät war. Zwischen seinen runden Augen, die sie, ohne zu blinzeln, anstarrten, wuchs ein dichtes Büschel borstiger schwarzer Haare. Außerdem hatte die Kröte eine Art Echsenschwanz, was Selina ziemlich seltsam fand.

Sebastian stemmte die Stange ins Flussbett, um das Boot anzuhalten. Während es gefährlich ruckelte, betrachtete er misstrauisch die fette Kröte.

„Lass uns vorbei, Haromin!“, befahl er.

„Wen hast du denn da bei dir?“, fragte die Kröte mit flacher, ausdrucksloser Stimme.

Selina starrte Haromin verblüfft an. Eine sprechende Kröte? Wo gab's denn so was?

„Sie heißt Selina“, antwortete Sebastian.

Plötzlich spuckte die Kröte in Selinas Richtung.

„Iiiih, wie eklig!“ Selina schnappte nach Luft und wich zurück.

„Ich will ihre Haare haben!“, zischte Haromin fordernd.

„Wie meint er das?“, fragte Selina und runzelte die Stirn.

„Du kannst Selinas Haare nicht haben, Haromin“, sagte Sebastian ruhig. „Die gehören ihr.“

„Aber sie gefallen mir“, quengelte die Kröte.

„Sie sind viel schöner als meine. Ich will sie haben! Wenn ich sie nicht kriege, lasse ich euch auch nicht durch."

„Red doch keinen Unsinn, Haromin!", fuhr Sebastian die Kröte an. „Selinas Haare bekommst du nicht. Lass uns jetzt endlich vorbei! Ich muss einen Auftrag für Zenobius erledigen. Er wäre sicher ziemlich wütend auf dich, wenn er wüsste, dass du uns den Weg durch die Schlucht versperrst."

Zornig ließ die Kröte ihren Schwanz wie eine Peitsche gegen den Felsen schlagen. „Zenobius macht mir keine Angst." Wieder spuckte sie in Richtung Selina. „Wenn ihr versucht, an mir vorbeizukommen, versenke ich euer Boot."

„Oje!", rief Selina erschrocken. „Was sollen wir denn jetzt machen? Ich will Haromin meine Haare nicht geben." Eigentlich konnte Selina ihre roten Haare mit den Korkenzieherlocken nicht ausstehen, aber sie wollte sich auch nicht von ihnen trennen. Sie hatte Angst, mit einer Glatze noch hässlicher auszusehen.

„Ich fürchte, wir müssen umkehren und warten, bis Haromin sich verzogen hat", murmelte

Sebastian mit gedämpfter Stimme, damit die Kröte ihn nicht hören konnte. „Er meint es ernst. Wenn er sich in den Kopf gesetzt hat, unser Boot zu versenken, dann macht er es auch."

„Was für eine gemeine Kröte!" Selina seufzte. „Können wir denn überhaupt nichts tun?" Verzweifelt ließ sie ihren Blick über die Felswände schweifen, die steil neben ihnen aufragten. Sie betrachtete die unförmige Gestalt der bösen Kröte, die sich in der Hitze aalte, den endlosen blauen Himmel und das türkisgrüne Wasser, das ihr kleines Boot umgab.

„Ich könnte es vielleicht mal mit einem Zauberspruch versuchen", meinte Sebastian.

„Au ja!", rief Selina.

Als Sebastian zögerte und die Kröte wieder mit ihrem Schwanz durch die Luft peitschte, drängte sie: „Mach schon! Sag den Zauberspruch auf! Schnell!"

„Ich glaube, ohne Zenobius' Erlaubnis wird es nicht klappen", erwiderte Sebastian ernst.

„Versuch's einfach!", flüsterte Selina ihm flehend zu. Sebastian räusperte sich und begann zögernd:

„Zaspa, Zespa, Zong,
Krötenschleim,
kehr dich heim.
Zessaping und …"

Er verstummte. „Hm, wie ging's bloß weiter?", murmelte er. „Ich kann mich einfach nicht daran erinnern."

Haromin stieß ein durchdringendes Lachen aus und wollte sich gerade auf Selina und Sebastian stürzen, als plötzlich ein Schatten auf das Boot fiel.

Selina schrie auf und Sebastian fuhr erschrocken herum. Das Boot schwankte gefährlich, als etwas Schwarzes vom Himmel herabsauste.

Der fetten Kröte traten vor Schreck die Augen aus dem Kopf, als die dunkle Gestalt, die sich als großer schwarzer Vogel entpuppte, im Sturzflug auf sie zuraste. Mit ausgestreckten Krallen und angriffslustig vorgerecktem Schnabel bremste er knapp über Haromin ab.

Keuchend ließ sich die Kröte von ihrem Felsen fallen und landete mit einem lauten *Platsch* im Wasser.

Als Selina zu dem schwarzen Vogel aufsah, verschlug es ihr für einen Moment die Sprache. Dann bemerkte sie entsetzt, dass Sebastian zu schwanken schien. Sie hatte Angst, dass er ins Wasser fallen könnte. Es kam ihr so vor, als wären sie von einer Gefahr in die nächste geraten.

Mit einem Mal wurde Selina klar, dass sie etwas tun musste.

Sie richtete sich auf und schwenkte die Arme. „Verschwinde, du blöder Vogel!“, schrie sie. „Lass uns in Ruhe. Hau ab, wird’s bald!“

„Selina! Selina!“

Als sie merkte, dass Sebastian ihren Namen rief, drehte sie sich zu ihm um. „Keine Angst!“, sagte sie. „Ich werd ihn schon vertreiben.“

Sie fuchtelte weiter mit den Armen durch die Luft, während das Boot wie verrückt hin und her schaukelte. Der schwarze Vogel hatte sich inzwischen auf Sebastians Ruderstange niedergelassen und musterte sie seelenruhig.

„Es ist alles in Ordnung, Selina“, sagte Sebastian beschwichtigend. „Glaub mir! Das ist bloß der Rabe.“

„Das sehe ich auch“, zischte Selina. „Aber er

braucht sich nicht einzubilden, er könnte uns Angst einjagen. Pah! Diese fette Kröte war schon schlimm genug. Mir reicht's jetzt langsam!" Die Hände in die Hüften gestemmt, starrte sie Sebastian und den Raben verärgert an.

„Nein, Selina", sagte Sebastian. „Du hast mich nicht verstanden. Ich kenne Zack – sehr gut sogar. Er gehört meinem Herrn, Zenobius ..."

„Und warum versucht er dann, uns einen Schreck einzujagen?", fragte Selina stirnrunzelnd. Ihr Gesicht war jetzt fast so rot wie ihre Locken.

„Das tut er doch gar nicht", sagte Sebastian. Selina wurde noch wütender, als sie sah, dass er sich das Lachen verkneifen musste.

„Und warum ist er mit ausgefahrenen Krallen rumgeflattert und hat so getan, als wollte er mit dem Schnabel zuhacken?", fauchte sie und warf dem Raben einen bösen Blick zu.

„Um uns zu retten", antwortete Sebastian.

„Was? Seinetwegen wärst du beinahe ins Wasser gefallen. Das bezeichnest du als *retten*?"

„Er hat Haromin verjagt", erklärte Sebastian. „Der hatte schon immer Angst vor ihm. Haromin wird es gewiss nicht wagen, uns jetzt noch aufzuhalten."

„Bist du da sicher?" Nicht ganz überzeugt, schaute Selina über den Bootsrand in die Richtung, in der die Kröte verschwunden war.

Im ersten Moment sah sie nur kleine, kreisförmige Wellen, die sich immer weiter ausbreiteten und die Wasseroberfläche kräuselten. Doch dann kreischte sie auf und deutete aufs Wasser. „Sieh mal", rief sie. „Da ist er!"

„Lass ihn doch!", erwiderte Sebastian entschlossen. „Er wird uns nichts tun. Nicht, wenn Zack bei uns ist." Während Sebastian sprach, richtete der Rabe sich auf der Stange auf und schlug einmal drohend mit seinen mächtigen schwarzen Flügeln. Das reichte aus, Haromin verschwand in Windeseile wieder unter der Wasseroberfläche.

Selina sah den Raben an und schämte sich ein wenig, dass sie ihm unrecht getan hatte. „Es tut mir leid", sagte sie mit rauer Stimme, „aber ich wusste nicht, wer du bist."

„Ist schon in Ordnung", erwiderte der Rabe. „Ich vergesse immer wieder, dass meine Krallen und mein Schnabel auch Menschen einen ganz schönen Schrecken einjagen können." Er drehte den Kopf und blickte zu Sebastian. „Und wer ist deine Freundin hier?", fragte er.

„Das ist Selina", sagte Sebastian und lächelte sie fröhlich an. „Sie begleitet mich bei meiner nächsten Aufgabe."

„Ach ja?", meinte Zack. „Gibt's dafür auch einen Grund?"

Sebastian zuckte die Achseln. „Ich dachte nur, es könnte Spaß machen, sie dabeizuhaben." Verblüfft stellte Selina fest, dass sich eine zarte Röte auf seinem glatten Gesicht ausbreitete.

„Junge, Junge!", seufzte Zack. „Da musst du dir für Zenobius schon was Besseres einfallen lassen, das weißt du." Er wandte den Kopf und schaute Selina an. „Gibt es irgendetwas, was du richtig gut kannst?"

„Ich glaube nicht", sagte Selina. „Jedenfalls nichts Außergewöhnliches."

„Das ist ein bisschen mager", krächzte der Rabe. „Denk nach. Worin bist du in der Schule am besten?"

„Äh … also ich zeichne gern …"

„Sehr schön, aber nicht besonders hilfreich, wenn es um die Erfüllung von Wünschen geht."

„Und ich sage gern Gedichte auf und spiele Theater. Im letzten Jahr hatte ich die Hauptrolle in unserer Schulaufführung."

„Das könnte allerdings nützlich sein", meinte Zack nachdenklich. „Du bist also gut im Auswendiglernen?"

Selina nickte. „Oh ja! Ich habe den ganzen Text an zwei Abenden gelernt."

Der Rabe flatterte aufgeregt mit den Flügeln. „Wie ich schon sagte, das könnte durchaus nützlich sein", krächzte er. „Aber wenn wir uns nicht ein bisschen beeilen, wird es gar keine neue Aufgabe geben. Ich warne euch, Zenobius hat heute richtig schlechte Laune. Er hat mich geschickt, um dir Beine zu machen, Sebastian."

„Oh, oh", murmelte Sebastian und zog sofort die Stange aus dem Wasser. „Dann sollten wir uns beeilen. Weißt du, worum es bei der nächsten Aufgabe geht?"

„Ja, so ungefähr", sagte Zack. „Es hat mit der Prinzessin zu tun."

„Nicht schon wieder!" Sebastian stöhnte lautstark. „Was hat sie sich denn diesmal gewünscht? Den Mond?“

„Genau genommen stammt der Wunsch nicht von ihr“, erwiderte Zack, „sondern von einem kleinen Einhorn.“

„Und was hat das mit der Prinzessin zu tun?“, wollte Sebastian wissen.

„Nun, es sieht so aus, als hielte sie sich das Einhornfohlen als Haustier, ohne dass es jemand gemerkt hat“, sagte Zack.

„Aber es ist doch gegen das Gesetz von Zavania, Einhörner in Gefangenschaft zu halten“, rief Sebastian entrüstet. „Der König hat befohlen, dass alle Einhörner in Freiheit leben dürfen.“

„Unser Prinzesschen denkt anscheinend, dass sie sich nicht daran halten muss. Sie hat den Kleinen gefunden, als er am Waldrand herumirrte, und jetzt ist sie der Meinung, dass er ihr gehört.“

„Hat der König da nicht auch ein Wörtchen mitzureden?“, fragte Sebastian.

„Der weiß noch gar nichts davon“, antwortete Zack. „Er und die Königin sind auf einem Staatsbesuch. Aber sobald sie zurück sind, fliegen die Fetzen, darauf kannst du Gift nehmen.“

„So ganz verstehe ich das noch nicht“, sagte Sebastian. „Wie lautet denn nun der Wunsch?“

„Das weiß ich leider auch nicht“, antwortete Zack, breitete die Flügel aus und flog neben ihnen durch die Schlucht. „Hab Geduld, bis du Zenobius siehst. Dann kannst du ihn selber fragen.“

Der Wunsch des Einhornfohlens

Selina hatte schon den Mund aufgemacht, um zu sagen, dass es doch gar keine Einhörner gäbe, und erst recht nicht welche, die sich irgendetwas wünschten. Aber dann überlegte sie es sich anders und machte den Mund wieder zu. Offenbar waren in diesem seltsamen Land viele Dinge möglich. Wenn es hier Drachen und sprechende Kröten gab, war es wahrscheinlich auch nicht ungewöhnlich, dass Einhornfohlen sich etwas wünschen durften.

Getrieben von der starken Strömung, bewegten sie sich sehr schnell den Fluss hinunter. Sebastian steuerte mit der Stange, auf der Zack immer noch hockte. Inzwischen hatten sie die steil aufragenden Felswände der Schlucht hinter sich gelassen. Zu beiden Seiten des Flusses erstreckten sich nun ausgedehnte Felder mit hohen Gräsern und Getreidehalmen, die sich im Wind wiegten. In einiger Entfernung waren dichte grüne Tannenwälder zu sehen. Über die Baumwipfel ragte ein Gebäude mit weißen Mauern. Auf jedem der vielen spitzen Türme wehte eine Fahne.

„Ist das das Schloss?“, wollte Selina wissen und reckte den Hals, um das Gebäude besser sehen zu können.

„Ja.“ Sebastian drehte sich halb zu ihr um. „Dort wohne ich.“

„Es sieht wunderschön aus“, murmelte Selina, „und sehr beeindruckend.“ Sie verstummte und musste an das kleine Haus am Fluss denken, in dem sie mit ihren Eltern lebte.

„Wohnst du mit deiner ganzen Familie dort?“, fragte sie nach einer Weile und zuckte erschrocken zusammen, als Zack plötzlich ein paarmal mit den Flügeln schlug. Sie wusste noch nicht so genau, was sie von dem großen schwarzen Vogel mit dem scharfen Schnabel und den kräftigen Klauen halten sollte. Sebastian interessierte sie viel mehr. Doch es war der Rabe, der ihre Frage beantwortete.

„Er hat keine Eltern“, sagte er.

„Oh“, hauchte Selina und warf Sebastian einen Blick zu. Der hatte sich wieder abgewandt und starrte stur geradeaus, als müsste er sich voll darauf konzentrieren, wohin sie fuhren.

Er wirkte sehr einsam, wie er da so am anderen Ende des Bootes stand.

„Ich habe ihn nämlich gefunden, weißt du“, sagte Zack.

„Ach ja?“ Selina kam es komisch vor, über Sebastian zu reden, als wäre er gar nicht anwesend. Aber Zack schien das nicht im Geringsten zu stören.

„Er war noch ein richtig kleines Würmchen“, fuhr er fort. „Irgendjemand hatte ihn in einem Korb auf den Stufen des Ostturms ausgesetzt.“

„In einem Korb?“, fragte Selina und sah Sebastian mitleidig an. Die Geschichte zog sie in ihren Bann.

„Jawohl!“, krächzte der Rabe. „Ich hab den Korb mit meinem Schnabel gepackt und ihn hinauf in Zenobius' Kammer gebracht.“

„Zum Herrn der Wünsche?“, fragte Selina atemlos. Sie merkte, dass Sebastian ihnen jetzt zuhörte. Offenbar hatte er die Geschichte schon oft gehört, denn er wirkte nicht besonders interessiert.

„Genau“, sagte Zack. „Als ich Sebastian fand, war Zenobius gerade unterwegs. Drüben im Eispalast hatte es großen Ärger gegeben – manche Dinge ändern sich eben nie. Wenn ich mich recht entsinne, ging es um eine Auseinandersetzung zwischen den Soldaten des Königs und der Eisarmee …“

„Was hast du dann gemacht?“, unterbrach ihn Selina. „Mit dem Baby, ich meine mit Sebastian?“ Dieses ganze Gerede über Eis und Soldaten interessierte sie nicht die Bohne. Sie konnte es kaum erwarten zu erfahren, was mit Sebastian passiert war.

„Ach, den habe ich bei Tirza gelassen“, antwortete Zack lässig. „Du kannst dir gar nicht vorstellen, was sie für einen Wirbel um ihn gemacht hat. ‚Dutzi-dutzi‘ hier und ‚na, mein kleiner Schnuckiputzi?‘ da.“

„Wer ist Tirza?“, fragte Selina verblüfft. Langsam kam sie bei diesen fremd klingenden Namen ganz durcheinander.

„Sie kümmert sich um Zenobius. Tirza ist so eine Art Haushälterin. Du wirst sie schon bald kennenlernen.“

„Aha“, meinte Selina. „Ich verstehe.“ Sie schwieg einen Moment und sagte dann: „Und was hat Zenobius bei seiner Rückkehr gemacht? Äh ... ich meine natürlich, der Herr der Wünsche“, verbesserte sie sich hastig, nachdem sie Sebastian einen weiteren Blick zugeworfen hatte. „Was hat er zu Sebastian gesagt, als er nach Hause gekommen ist?“

Zack lachte krächzend. „Zuerst war er nicht gerade begeistert, das kannst du mir glauben. Er sagte, das Turmzimmer sei kein Ort für ein Baby, und dass es wieder verschwinden müsse.“

„Auweia!“, hauchte Selina und fragte sich, was Sebastian wohl gerade dachte. „Und was ist dann passiert?“

„Tirza hat Zenobius angefleht, den Kleinen zu behalten. Sie sagte, sie würde für ihn sorgen, als wäre er ihr eigenes Kind. Außerdem hat sie Zenobius versprochen, dass das Baby ihm bei seiner Arbeit nicht im Weg sein oder ihn sonst irgendwie stören würde.“

„Und dann?“ Selina verschränkte vor Spannung die Hände fest ineinander. Sie nahm zwar wahr, dass Sebastian inzwischen mit dem Boot an einer Art Steg angelegt hatte, aber sie war zu gefesselt von Zacks Erzählung, um ans Aussteigen zu denken.

„Tja, letzten Endes durfte er bleiben“, fuhr der Rabe fort. „Das war ja klar. Der alte Zenobius gibt sich immer so streng, aber er hat ein Herz aus Gold. Ich sage nur: harte Schale, weicher Kern. Tirza hat für Sebastian gesorgt und Zenobius hat ihm alles beigebracht, was er wissen muss, um …“

„Und du hast ihn beschützt“, unterbrach ihn Selina.

„Was?“, krächzte Zack.

„Du hast ihn vor allen Gefahren beschützt“, wiederholte sie. „So wie eben, als du Haromin verscheucht hast.“

„Ach, Haromin!“ Zack schnaubte verächtlich und schlug mit den Flügeln. Dann gab er widerstrebend zu: „Na ja, eigentlich passe ich schon auf Sebastian auf. Schätze, das hab ich immer getan. Aber ich sage ihm auch ständig, dass er auf eigenen Füßen stehen muss. Ich kann schließlich nicht ständig in seiner Nähe sein und mich um ihn kümmern ..."

„Das weiß ich, Zack", mischte sich Sebastian unerwartet ein. „So, und jetzt mach dich mal nützlich und nimm das Tau hier."

Vor sich hin murmelnd und krächzend, packte der Rabe das Seil mit dem Schnabel und flog zum Landungssteg. Er fädelte es vorsichtig durch einen großen Metallring und hielt es fest, bis Sebastian an Land gesprungen war.

Nachdem er das Boot vertäut hatte, hüllte sich Sebastian schwungvoll in seinen schwarzen Umhang, drehte sich um und streckte seine Hand aus. Selina stand auf und stieg mit seiner Hilfe an Land. Begleitet von Zack, der neben ihnen herflog, gingen sie den schmalen Steg entlang.

„Dies sind die königlichen Gärten", erklärte Sebastian wenig später, als sie auf fantasievoll gepflasterten Wegen an herrlich duftenden Blumensträuchern in allen erdenklichen Farben vorbeigingen. „Der Fluss hat uns direkt hierhergebracht. Wären wir aus der anderen Richtung gekommen, hätten wir die Palastwachen bitten müssen, die Zugbrücke für uns runterzulassen und das Fallgitter hochzuziehen."

„Das ist immer eine langwierige Angelegenheit", sagte Zack und seufzte. „All das Gequietsche und Geächze, und dann fragen sie dir noch Löcher in den Bauch, bevor sie dich reinlassen. Letztes Mal haben sie doch glatt behauptet, sie würden uns nicht kennen, stimmt's? Blöder Haufen", fügte Zack hinzu, als Sebastian nickte. „Die Kerle spielen sich viel zu sehr auf, wenn du mich fragst."

Sie durchquerten einen Bogengang, der mit cremefarbenen trompetenförmigen Blumen bewachsen war, die üppig über die hölzernen Pfeiler rankten. Dann kamen sie zu einer samtweichen Rasenfläche, die von einer recht hohen Backsteinmauer umgeben war. Strahlend weiße Statuen standen in kleinen Nischen, die in das rote Mauerwerk eingelassen waren, und Hunderte von Springbrunnen schossen kühle Wasserfontänen gen Himmel.

„Das Wasser ist ja zartrosa!", rief Selina erstaunt, als sie einen Moment stehen blieb, um alles zu betrachten.

„Stimmt", sagte Sebastian, „und es schmeckt nach Himbeere."

„Nach Himbeere?" Selina warf einen Blick auf das Brunnenwasser und hätte es gern probiert. Sie war sich nicht sicher, ob Sebastian die Wahrheit sagte.

„Die Prinzessin hat zu einem ihrer Geburtstage alle Springbrunnen umrüsten lassen", murmelte Zack. „Verwöhnte Göre. Es wird langsam Zeit, dass ihr mal jemand etwas verbietet. Wenn ihr mich fragt, setzt sie viel zu oft ihren Kopf durch. Wetten, der Wunsch des Einhornfohlens wird ihr überhaupt nicht gefallen?"

Sebastian blieb wie angewurzelt stehen und starrte Zack an. „Du kennst den Wunsch also doch, oder?", sagte er anklagend.

„Könnte sein", murmelte Zack verlegen, als hätte er schon zu viel verraten.

„Und, wie lautet er?", drängte Sebastian ungeduldig.

„Vielleicht solltest du erst mal mit Zenobius sprechen", sagte Zack, dem sichtlich unbehaglich war.

„Nein!", schnaubte Sebastian. „Da du es mir

nicht verraten willst, werde ich das kleine Einhorn selbst fragen. Wenn ich seinen Wunsch erfüllen soll, wüsste ich schon gerne, worum es sich dabei handelt. Zumal alle anderen offenbar besser Bescheid wissen als ich."

Energisch drehte Sebastian sich auf dem Absatz um und eilte mit großen Schritten einen anderen Weg entlang.

„Hey, warte doch mal!", krächzte Zack. „Spiel nicht die beleidigte Leberwurst!"

Aber es war zu spät, Sebastian hatte bereits die Hälfte des Weges zurückgelegt. Mit einem tiefen Seufzer flog Zack hinter ihm her. Selina zögerte einen Moment, aber sie wollte nicht allein zurückbleiben. Mit seinen Himbeerbrunnen und herrlich duftenden Blumen war der Garten zwar wunderschön, aber auch ein bisschen unheimlich. Sie nahm die Beine in die Hand und rannte hinter Sebastians immer kleiner werdenden Gestalt her. Der Rabe begleitete ihn krächzend und leise vor sich hin schimpfend.

„Das wird Zenobius überhaupt nicht gefallen", hörte Selina Zack meckern, als sie die beiden einholte. „Du weißt doch, dass er dir die

Aufgaben am liebsten selbst erklärt. Sebastian, sei doch vernünftig …“

Aber Sebastian hörte ihm überhaupt nicht zu. Selina konnte kaum mit ihm Schritt halten, als er durch einen Torbogen in der Mauer rauschte. Sie war völlig aus der Puste, als sie schließlich einen gepflasterten Hof erreichten. Er erinnerte Selina an die Reitschule, in der ihre Freundin Lara Unterricht hatte.

„Dies sind die königlichen Stallungen“, erklärte Zack. „Hier leben die Pferde und die anderen Tiere des Königs.“

Hinter den Ställen waren saftige Weiden zu sehen. Die Pferde dösten friedlich im Sonnenschein oder spähten über das Gatter. Offensichtlich warteten sie auf Leckerbissen, aber Sebastian beachtete sie gar nicht und wandte sich an Zack. „Also, wo ist das Einhornfohlen?“, fragte er mit ernstem Gesichtsausdruck.

„Ich weiß es nicht so genau …“, versuchte Zack sich aus der Affäre zu ziehen.

„Ach ja? Glaub mir, ich finde es auch ohne deine Hilfe.“ Sebastian überquerte den Hof und schaute dabei von rechts nach links.

„Mannomann!“, murmelte Zack. Dann sagte er zu Selina: „Komm, wir sollten ihn begleiten. Aufhalten können wir ihn jetzt sowieso nicht mehr.“

Selina stürmte hinter dem Raben her in einen kleineren Hof auf der Rückseite der Stallungen. Dort stand Sebastian, hatte die Hände in die Hüften gestemmt und blickte sich um.

„Es ist da drin“, krächzte Zack und deutete mit dem Kopf zu einem Gebäude in einer Ecke des Hofs. „In Prinzessin Clarissas Spielhaus.“

Das Gebäude sah aus wie ein Schloss im Kleinformat, die Türme in jeder Ecke hatten sogar Zinnen. Sebastian ging hastig darauf zu und drehte den Knauf der mit Nägeln beschlagenen Holztür. Er stieß sie auf und trat ein, gefolgt von Selina und dem immer noch vor sich hin grummelnden Raben.

Drinnen war es kühl und dämmrig. Die Wände waren weiß gestrichen und auf dem Boden lag frisches Stroh.

Es dauerte eine Weile, bis Selinas Augen sich an das schwache Licht gewöhnt hatten. Dann bemerkte sie, dass am anderen Ende des Raums über einer Art Plattform eine Lampe brannte. Auf dieser Erhöhung lag ein kleines Tier in einem Bett aus Stroh. Ein Tier, das Selina bis jetzt nur aus ihren Märchenbüchern kannte. Es war schneeweiß und sah aus wie ein Pferd, aber mitten auf seiner Stirn befand sich ein spiralförmig gewundenes Horn.

Langsam näherte Sebastian sich der Plattform. „Hallo“, sagte er. „Ich bin Sebastian.“

Selina war nicht überrascht, als ihm das Einhornfohlen in der Menschensprache antwortete. In diesem seltsamen Land rechnete sie inzwischen mit fast allem.

„Hallo, Sebastian.“ Das kleine Einhorn hatte eine sanfte, freundliche Stimme und große, traurige Augen.

„Von Zack weiß ich, dass du dir etwas gewünscht hast“, fuhr Sebastian fort.

Das Einhornfohlen nickte.

„Würdest du mir deinen Wunsch verraten?“, fragte Sebastian vorsichtig. Und als das kleine Einhorn nicht antwortete, fügte er hinzu: „Du solltest es mir anvertrauen, denn ich bin derjenige, der deinen Wunsch erfüllen wird.“

Das Einhornfohlen drehte den Kopf und blickte zu Selina. Es schien sich zu fragen, wer sie war und was sie hier in seinem Stall zu suchen hatte.

„Das ist Selina“, stellte Sebastian sie vor. „Sie wird mir dabei helfen. Wirst du mir jetzt deinen Wunsch verraten?“

Das kleine Einhorn gab ein Geräusch von sich, das wie ein tiefer Seufzer klang. „Ich möchte nach Hause“, sagte es schließlich.

„Nach Hause?“, fragte Sebastian. „Fühlst du dich hier denn gar nicht wohl?“

„Nein“, erwiderte das kleine Einhorn. „Nicht so richtig.“ Es schüttelte den Kopf und Selina sah bestürzt, wie ihm eine Träne übers Gesicht rollte. Zitternd verharrte sie einen Moment auf seiner samtweichen Nase und fiel dann ins Stroh. „Ich möchte zurück zu meiner Mama und dem Rest der Herde“, sagte es kläglich.

Im Ostturm

Selina hatte einen dicken Kloß im Hals. Sie schluckte krampfhaft, um nicht weinen zu müssen. Plötzlich fiel ein Schatten auf sie. Irgendetwas verdeckte das Sonnenlicht, das durch die offene Tür hereinströmte.

Selina blickte auf und blinzelte, konnte aber nur den dunklen Umriss einer Gestalt erkennen, die im Türrahmen stand.

Zack stieß ein lautes Krächzen aus und Sebastian, der neben dem Einhorn kniete, rappelte sich schnell wieder auf.

„Eure Hoheit", sagte er, ordnete seinen Umhang und verbeugte sich tief.

Erstaunt kniff Selina die Augen leicht zusammen, um besser sehen zu können. Inzwischen war die Gestalt aus der Türöffnung getreten und

Selina konnte erkennen, dass es sich um ein Mädchen handelte. Es war hochgewachsen, vielleicht ein wenig älter als Selina und hatte sehr blasse Haut und große blaue Augen. Das dichte, glatte Haar, das wie ein Vorhang bis zur Taille des Mädchens herabfiel, hatte die Farbe von reifem Korn.

„Was machst du denn hier?“, wandte es sich mit Hochmut in der Stimme an Sebastian. „Und wer ist die da?“ Das Mädchen schaute Selina finster an. Zack lachte krächzend. „Halt den Schnabel oder ich lasse dich ausstopfen und benutze dich als Vogelscheuche“, herrschte es den Raben an.

Zack schlug entrüstet mit den Flügeln, gab aber keinen Mucks mehr von sich. Selina warf ihm einen besorgten Blick zu. Das konnte das Mädchen dem armen Raben doch nicht antun, oder etwa doch? Bevor Selina die Möglichkeit hatte, ihn zu verteidigen, meldete sich Sebastian zu Wort.

„Das ist Selina“, stellte er sie vor.

„Dieser merkwürdige Name sagt mir überhaupt nichts!“ Das Mädchen musterte Selina von oben bis unten und schien sich jede Einzelheit ihres Aussehens einzuprägen. Von den roten Locken bis hin zur rosafarbenen Kleidung und den kirschroten Schuhen. Sie verzog das Gesicht, als wäre ihr gerade ein widerlicher Geruch in die Nase gestiegen.

„Selina ist eine Freundin von mir“, antwortete Sebastian leichthin. „Sie kommt aus der anderen Welt.“

„Ich kann sie jedenfalls nicht leiden“, entgegnete das Mädchen schnippisch. „Sie hat schlechte Zähne.“

„Hab ich nicht!“, widersprach Selina empört.

„Und was ist das dann für ein komisches Gerät in deinem Mund?“, fragte das Mädchen höhnisch.

Zack krächzte protestierend und das kleine Einhorn wieherte leise. Es schien die Anspannung im Raum zu spüren und hatte wohl Angst vor dem, was nun kommen würde.

„Das ist eine Zahnspange“, sagte Selina und versuchte, ruhig zu bleiben. „Damit werden meine Zähne gerichtet.“

„Aha, und warum müssen sie gerichtet werden?", fragte das Mädchen mit einem boshaften Lächeln.

„Na, weil sie schief gewachsen sind", erwiderte Selina.

„Siehst du, hab ich doch gesagt: schlechte Zähne", meinte die Prinzessin achselzuckend und wandte sich ab. Sie ging zu dem Einhornfohlen, kniete sich hin und begann, seine Nase zu streicheln.

Selina wollte der blöden Kuh schon hinterherstürmen, um die Sache richtigzustellen, doch Sebastian legte ihr die Hand auf den Arm und hielt sie zurück.

„Lass es lieber", flüsterte er ihr ins Ohr.

„Aber ...", wollte Selina protestieren.

„Nein." Er schüttelte den Kopf. Dann wandte er sich ab, damit sie sich beruhigen konnte, und ging ebenfalls zu dem kleinen Einhorn hinüber.

„Du weißt, dass es sich etwas gewünscht hat, nicht wahr?", fragte er die Prinzessin.

„Ich habe so ein dummes Gerücht gehört", erwiderte sie kühl und ohne aufzublicken.

„Und weißt du auch, um welchen Wunsch es sich handelt?", sagte Sebastian. Als das Mädchen ihm keine Antwort gab, fuhr er fort: „Es möchte zurück zu seiner Mama und dem Rest der Herde."

„Das ist ja lächerlich!" Die Prinzessin blickte immer noch nicht auf und fuhr stattdessen weiterhin über das schneeweiße Fell des Einhorns. „Es will natürlich nicht zurück. Es gehört mir. Ich hab's gefunden und jetzt wird es auch hier bei mir bleiben."

„Aber es hat seinen Wunsch bereits ausgesprochen", gab Sebastian zu bedenken.

„Dann wünsche ich mir eben auch etwas." Die Prinzessin stand auf und warf ihr goldenes Haar zurück. „Und zwar wünsche ich mir, dass das Einhornfohlen bei mir bleibt."

„Du kennst doch die Regeln", wandte Sebastian ein. „Wenn Zenobius den Wunsch des Kleinen anerkannt hat …"

„Was kümmern mich irgendwelche blöden Regeln", rief das Mädchen. „Ich bin Prinzessin Clarissa. Ich muss mich nicht an Regeln halten." Mit zornig funkelnden Augen starrte sie Sebastian herausfordernd an.

„Meint ihr nicht, dass ein Gespräch mit Zenobius das klären könnte?", meldete sich Zack zu Wort. Er hatte sich auf einem Dachbalken niedergelassen, vorsichtshalber außer Reichweite der Prinzessin.

„Ich hab dir doch schon mal gesagt, du sollst dich da raushalten, blöder Vogel!", fauchte Prinzessin Clarissa ihn an. „Das ist sowieso alles deine Schuld. Hättest du deinen Schnabel nicht in Angelegenheiten gesteckt, die dich nichts angehen, hätte mein Einhornfohlen diesen verrückten Wunsch gar nicht erst geäußert."

„Ist es nicht gegen das Gesetz, ein Einhorn als Haustier zu halten?", fragte Selina.

„Was weißt du schon davon?", zischte die Prinzessin wütend. „Misch dich nicht auch noch ein! Und außerdem gelten diese doofen Gesetze sowieso nicht für mich."

Jetzt ergriff Sebastian das Wort. „Zenobius ist der Herr der Wünsche", erklärte er mit fester Stimme. „Wenn es um die Erfüllung von Wünschen geht, ist sein Wort Gesetz."

Als das Fohlen zustimmend nickte, machte die Prinzessin wutentbrannt auf dem Absatz kehrt. „Ich werde mit dem Hofmarschall sprechen", sagte sie schnippisch und marschierte hocherhobenen Hauptes davon.

„Komm mit, Selina“, sagte Sebastian. Und zu dem kleinen Einhorn gewandt fügte er hinzu: „Wir sind bald zurück.“

„Was wird denn der Hofmarschall tun?“, fragte Selina atemlos, während sie neben Sebastian herlief.

„Er wird sich jedenfalls nicht mit Zenobius anlegen, so viel steht fest“, gluckste Zack, der sich wieder zu ihnen gesellt hatte, nachdem die Prinzessin abgezischt war. „Dazu hat er gar nicht die Macht. Hab ich dir nicht gesagt, du sollst zuerst mit Zenobius sprechen?“, fügte er mit einem vielsagenden Seitenblick auf Sebastian hinzu.

„Ich weiß“, knurrte der. „Du hattest wie üblich Recht. Aber reib mir das jetzt bitte nicht ständig unter die Nase, ja?“

Das Schloss bot einen prachtvollen Anblick. Es hatte hohe Bogenfenster, in die herrliche Mosaikmuster eingearbeitet waren. Die Mauern erstrahlten in reinstem Weiß, während die Fahnen und Banner, die auf den Türmen flatterten, rot, blau, grün und gelb leuchteten. Ein Burggraben mit türkisfarbenem Wasser umgab das Schloss. Sie überquerten ihn auf einem schmalen, grob gezimmerten Steg.

Selina blieb mitten auf dem Steg stehen und blickte erst auf die wunderschönen Tigerlilien am Ufer und dann in das kristallklare Wasser. Fische in allen Regenbogenfarben schienen dort miteinander zu spielen und riesige Libellen schwebten über der Wasseroberfläche, bevor sie eilig davonschossen. Ihre zarten Flügel glitzerten wie Spinnfäden.

Sie wäre gerne noch ein Weilchen stehen geblieben, denn sie hatte noch nie solche Fische gesehen und auch keine Libellen in dieser Größe, aber Sebastian rief schon vom anderen Ende des Stegs nach ihr.

„Beeil dich, Selina!“, drängte er. „Ich bekomme ernsthaft Ärger mit dem Herrn der Wünsche, wenn ich mich nicht schleunigst blicken lasse. Ich muss ihm gleich ausführlich berichten, wie ich den Wunsch des Drachen erfüllt habe.“

„Ich komm ja schon.“ Widerstrebend riss Selina sich von dem faszinierenden Anblick los und eilte hinter Sebastian und Zack her.

Gemeinsam umrundeten sie die Mauern des großen Schlosses und kamen schließlich zu einem Turm, der ein wenig anders aussah als die anderen. Er war zwar auch weiß, aber in das glatte Mauerwerk war eine Vielzahl von Zeichen und Symbolen gemeißelt. Darstellungen von Sonne, Mond und Sternen, aber auch von fremdartigen Fabelwesen: Drachen, Wassermännern, Nixen und Zentauren – Wesen mit menschlichem Oberkörper und Pferdeleib.

Selina kannte diese Gestalten, weil sie mit ihrer Lehrerin in der Schule eine Collage zu diesem Thema gemacht hatten. Die war so groß, dass sie eine ganze Wand einnahm. Selina fragte sich, was ihre Mitschüler wohl sagen würden, wenn sie ihnen von all dem erzählte, was sie in Zavania schon gesehen hatte. Wahrscheinlich würden sie ihr kein Wort glauben.

Sebastian öffnete eine Tür am Fuß des Turms und winkte sie zu sich. Zack flog an ihnen vorbei und begleitete sie die steile Steintreppe hinauf, die sich mit Hunderten von Stufen nach oben wand.

Selina befürchtete schon, dass diese Treppe

niemals enden würde. Doch dann tat sich ein großer Raum vor ihnen auf.

Er wirkte sehr sauber. An den Wänden hingen handgeknüpfte Bildteppiche, auf denen leuchtend bunte Papageien und Pfauen zu sehen waren. Sie erinnerten Selina an die hübschen Kissen in Sebastians Boot.

Ein riesengroßer Tisch war zum Essen gedeckt. In der Mitte stand eine rosarote Schüssel mit frischen Früchten und daneben lag ein Brett mit mehreren merkwürdig geformten Brotlaiben. Am einen Ende des eindrucksvollen Raums befand sich eine Art erhöhtes Podium, auf das hölzerne Stufen führten.

Als Selina aufblickte, sah sie, dass dort jemand stand und sie beobachtete. Zuerst dachte sie, es wäre ein Kind, stellte dann jedoch verwundert fest, dass es sich um eine Frau handelte. Um eine winzige Frau, die sogar noch kleiner war als Selina. Ihre Haut war nussbraun und von tiefen Falten durchzogen wie eine Walnussschale. Das Haar hatte sie zum Zopf geflochten und hochgesteckt, ihre Augen erinnerten Selina an winzige schwarze Johannisbeeren.

„Wer ist denn das?“ Die Stimme der Frau klang hoch und schrill, fast wie das Bimmeln eines Glöckchens.

„Das ist Selina“, antwortete Sebastian geduldig. Eigentlich müsste er es langsam satthaben, mich allen vorzustellen, dachte Selina. „Sie wird mir helfen“, fügte er hinzu.

„Weiß Zenobius davon?“ Die Hände in die Hüften gestemmt, starrte die Frau weiterhin auf sie hinunter. Zack war auf das Podium geflogen und hatte sich auf der linken Schulter der Frau niedergelassen.

„Noch nicht, Tirza“, antwortete Sebastian. „Ich hoffe, er hat nichts dagegen.“

Das ist also Tirza, dachte Selina. Die Frau, die für Sebastian gesorgt hat, nachdem er auf den Stufen ausgesetzt worden war.

„Ist er gerade gut oder schlecht gelaunt?“ Selina meinte einen ängstlichen Unterton in Sebastians Stimme zu vernehmen.

„Wie soll er gut gelaunt sein“, sagte Tirza und rümpfte die Nase, „wenn du viel zu spät zurückkommst. Seit einer Stunde stampft er dort oben auf und ab.“

Zack lachte krächzend. Sebastian warf zuerst einen Blick zur Decke, dann zu den Stufen, die in einer Ecke des Raums weiter nach oben führten.

„Ich denke, wir gehen besser mal hoch", sagte er widerstrebend. „Komm, Selina."

„Nicht so schnell!", fauchte Tirza. „Du gehst nach oben, Sebastian. Das Mädchen bleibt hier."

Selina sank das Herz bis in die Kniekehlen. Sie wollte bei Sebastian bleiben. Bei ihm fühlte sie sich sicher. Flehend warf sie ihm einen Blick zu und sah, wie er zögerte. Sie dachte schon, dass er Tirza widersprechen wollte.

Da ertönte über ihren Köpfen ein lautes Klopfen. Alle erstarrten.

„Wo ist er? Wo ist dieser elende Junge?" Die dröhnende Stimme war fast so laut wie das Klopfen. „Wenn er nicht in zehn Sekunden hier ist, dann wollen wir doch mal sehen, wie ihm ein Leben als Kröte gefällt."

Sebastian schoss so schnell durch den Raum und die geschwungene Treppe hinauf, dass Selina ihm kaum mit dem Blick folgen konnte.

„Ich hab ihm gesagt, dass er sich beeilen soll", krächzte Zack. Er flog von Tirzas Schulter und ließ sich auf der Rückenlehne eines Stuhls nieder. Tirza polterte die hölzernen Stufen vom Podium hinunter.

„Und woher kommst du?" Sie musterte Selina von oben bis unten, aber nicht so herablassend wie Prinzessin Clarissa es vor wenigen Minuten getan hatte. „Du kannst keine vom Kleinen Volk sein, dafür bist du zu groß."

Wieder lachte Zack. „Da hast du allerdings Recht, Tirza", sagte er kichernd. „Sie kommt aus der anderen Welt."

„So, so. Aus der anderen Welt!", rief Tirza mit finsterer Miene. „Dann können wir ja nur hoffen, dass es keinen Ärger geben wird."

„Ich mache bestimmt keine Schwierigkeiten, versprochen", versicherte Selina ihr hastig. „Ich will doch nur Sebastian helfen."

„Hm", kam es von Tirza. Dann sagte sie an Zack gewandt: „Hat Prinzessin Clarissa sie schon kennengelernt?"

„Oh ja!" Zack klang ziemlich schadenfroh. „Du hättest mal ihren entsetzten Gesichtsausdruck sehen sollen."

„Das meinte ich mit Ärger." Tirza seufzte.

„Wir wollen doch nur das Einhornfohlen zu seiner Mutter zurückbringen“, verteidigte sich Selina.

„Woher weißt du denn davon?“, fuhr Tirza sie an. Als Nächstes bekam Zack sein Fett weg: „Ich wette, du hast es ihr erzählt. Es wird langsam Zeit, dass du lernst, deinen Schnabel zu halten. Sonst wirst du dir eines Tages noch mal eine Menge Ärger einhandeln. Merk dir meine Worte! Du weißt genau, dass Zenobius Sebastian die Aufgaben zuteilt.“

„Natürlich“, murmelte Zack und ließ schuldbewusst den Kopf zwischen die hochgezogenen Flügel sinken.

„Wo hast du Sebastian eigentlich kennengelernt?“, wandte Tirza sich nun wieder an Selina.

„Ich habe sein Boot im kleinen Fluss am Ende unseres Gartens entdeckt“, sprudelte sie hervor. „Es war leer“, fügte sie hinzu, als Tirza sie immer noch fragend ansah. „Ich bin reingeklettert, und als ich jemanden kommen hörte, habe ich mich unter der Segeltuchplane versteckt. Auf einmal hat sich das Boot bewegt … und … und Sebastian, der keine Zeit hatte, mich gleich zurückzubringen, hat mich gefragt, ob ich nicht Lust hätte, ihn zu begleiten. Er meinte, ich könnte ihm vielleicht sogar dabei helfen, einen Wunsch zu erfüllen."

„Das geht in Ordnung", schaltete sich Zack ein. „Sie ist ganz geeignet dafür."

„Hm", machte Tirza wieder. „Wir werden sehen. Da du schon mal hier bist, kannst du gerne mitessen. Ich stelle noch einen Teller auf den Tisch."

„Das ist sehr freundlich von Ihnen", sagte Selina. „Vielen Dank."

Die kleine Frau begann, den Tisch mit hölzernen Tellern und silbernen Kelchen zu decken. Selina blickte Hilfe suchend zu Zack, weil sie nicht wusste, was sie jetzt tun sollte. Erstaunt stellte sie fest, dass der Rabe ihr zublinzelte.

„Ist euer Haus mit dem kleinen Fluss am Ende des Gartens auf dem Land?", fragte Tirza kurz darauf, während sie eine erdbeerfarbene Flüssigkeit aus einem großen Krug in die Kelche füllte.

„Wir wohnen am Rand einer Kleinstadt", antwortete Selina.

„Und mit wem genau lebst du dort?“ Offenbar wollte Tirza alles über Sebastians neue Freundin wissen.

„Nur mit meiner Mutter und meinem Vater“, sagte Selina. „Und mit Schnurr, meiner getigerten Katze.“

„Dein Vater ist also Grundbesitzer?“ Tirza kniff die Augen so stark zusammen, dass sie fast nicht mehr zu sehen waren.

„Na ja.“ Selina runzelte die Stirn und dachte an ihren Garten, in dem ihr Vater Gemüse anbaute. „Wahrscheinlich ist er so was Ähnliches. Aber er ist auch Postbote“, fügte sie rasch hinzu. „Und meine Mutter arbeitet als Pflegerin in einem Altenheim und …“ Sie brach mitten im Satz ab, als Sebastian wieder auf der Treppe erschien.

„Komm mit, Selina“, sagte er und winkte sie herbei. „Der Herr der Wünsche möchte dich kennenlernen.“

„Puh!“ Aufgeregt wischte Selina sich die verschwitzten Handflächen an ihrem Shirt ab.

„Viel Glück!“, krächzte Zack. „Ich drück dir die Krallen, dass er gute Laune hat. Wenn er

Sebastian in eine Kröte verwandelt, wird aus dir vielleicht eine Kaulquappe. Oder, wenn er nicht so großzügig ist, eine Motte."

Der Herr der Wünsche

In Büchern und Filmen hatte Selina natürlich schon Bilder von Zauberern gesehen. Die meisten von ihnen hatten langes weißes Haar und zottige Bärte gehabt. Außerdem waren sie stets groß und dünn gewesen und hatten spitze Hüte mit Sternen darauf getragen. Als sie wenig später Zenobius, dem Herrn der Wünsche, gegenüberstand, war sie sehr überrascht, weil er ganz anders aussah.

Er war nicht direkt dick, aber sehr, sehr kräftig gebaut und außerdem völlig kahl. Er trug ein langes, fließendes Gewand, einen schwarzen Umhang wie Sebastian und in einem Ohr einen kleinen goldenen Ring. Zenobius baute sich mit verschränkten Armen vor Selina auf und starrte unter buschigen schwarzen Augenbrauen auf sie hinab.

Selina hielt seinem Blick stand und sah ihm in die Augen. Er sollte auf keinen Fall denken, dass sie Angst vor ihm hatte, auch wenn ihr Herz unter dem rosafarbenen Shirt wie wild klopfte und ihre Knie ganz schön schlotterten.

„So, du bist also Melina“, sagte er mit dröhnender Stimme.

Selina schluckte. „Nein“, erwiderte sie. „Ich heiße Selina.“

„Ach ja? Sieh mal einer an!“ Er wirkte überrascht, als sei er es nicht gewohnt, von jemandem verbessert zu werden. „Nun, Selina …“, fuhr er fort, und sie glaubte, für einen winzigen Moment den Hauch eines Lächelns über sein strenges Gesicht huschen zu sehen.

„Sebastian hat mir erzählt, dass *du* ihn bei seiner nächsten Aufgabe begleiten möchtest. Was sagst du dazu?“

„Ich würde gern mitkommen“, antwortete Selina schnell. „Sehr gern sogar.“

„So, so. Und was könntest du zur Lösung der Aufgabe beitragen? Ich kann nämlich nicht zulassen, dass du für die anderen bloß ein Klotz am Bein bist. Also, was kannst du gut?"

„Tja, ich weiß nicht." Selina fing an, sich Sorgen zu machen. Immerhin besaß dieser Mann die Macht zu entscheiden, ob sie Sebastian begleiten durfte oder nicht.

Es war Zack, der sich für sie einsetzte. Er war Selina in Zenobius' Turmzimmer gefolgt. Dort stapelten sich auf Regalen und Bänken Hunderte von staubigen Büchern. Seltsame Instrumente und Gläser mit giftig aussehenden Flüssigkeiten standen überall herum. „Sie könnte Sebastian helfen, sich die Zaubersprüche zu merken", sagte er. „Was das angeht, ist er ja ein hoffnungsloser Fall."

„Hm, da ist was dran", erwiderte Zenobius und strich sich nachdenklich übers Kinn. „Du kannst dir Texte also gut merken?"

„Oh ja!", erwiderte Selina eifrig. „Die kann ich sehr schnell auswendig lernen."

„Hab ich doch gesagt", krächzte Zack und schlug aufgeregt mit den Flügeln.

Zenobius blickte noch einmal streng auf Selina hinunter und brummelte: „Dann solltest du für die Unterweisung wohl besser gleich hierbleiben." Mit diesen Worten ging er ans andere Ende des Raums und winkte Sebastian, ihm zu folgen. Selina blieb mit Zack zurück.

„Sag mal, was ist eine Unterweisung?", flüsterte Selina.

„Die Weitergabe der Informationen", antwortete der Rabe leise. „Es geht um die Einzelheiten zum Wunsch des Einhornfohlens."

„Ah, ich verstehe", sagte Selina, obwohl sie sich da gar nicht so sicher war. Aber sie hoffte, dass sich alles noch klären würde.

Am anderen Ende des großen Turmzimmers schien Sebastian tief ins Gespräch mit dem Herrn der Wünsche versunken zu sein. Selina konnte nicht hören, worüber die beiden sprachen, doch Sebastians Gesten zeigten ihr, dass er seinen Herrn um etwas bat.

Selina wandte sich wieder Zack zu. „Warum denkt Tirza eigentlich, dass es meinetwegen Ärger mit der Prinzessin geben könnte?", fragte sie neugierig.

Wieder lachte Zack, aber diesmal so leise, dass Zenobius es nicht mitbekam. „Die Prinzessin ist total von sich eingenommen", sagte er. „Du hast ja mitbekommen, dass sie das kleine Einhorn als ihr Eigentum betrachtet. Und bei Sebastian … also, da ist es ähnlich."

„Aber das ist ja schrecklich!", sagte Selina entrüstet. „Man kann einen anderen Menschen doch nicht besitzen!"

„Versuch das mal der Prinzessin zu erklären", erwiderte Zack. „Sie wird furchtbar eifersüchtig auf dich sein, so viel ist sicher. Das hat Tirza damit gemeint."

„Das verstehe ich nicht", sagte Selina bedrückt. „Wenn ich so aussehen würde wie sie, wäre ich auf niemanden eifersüchtig."

„Nun ja, Sebastian möchte, dass du ihn begleitest. Also nicht Prinzessin Clarissa", wandte Zack ein.

Selina hatte keine Zeit, sich weiter mit diesem interessanten Thema zu beschäftigen, denn Sebastian und Zenobius hatten ihr Gespräch beendet. Mit raschen Schritten und wehenden Umhängen kamen sie auf sie zu.

„Ich habe beschlossen“, begann Zenobius, und Selinas Herz setzte einen Schlag aus, „dass du Sebastian bei dieser besonderen Aufgabe begleiten darfst. Das ist absolut unüblich, aber er besteht darauf, dass du mitkommst.“

„Danke“, rief Selina. „Vielen, vielen Dank! Ich verspreche Euch, dass ich ihm nicht zur Last fallen werde.“

„Ja, ja, schon in Ordnung.“ Der Herr der Wünsche klang jetzt ein wenig ungeduldig. „Also“, fuhr er fort, „setzt euch bitte beide mal hin und hört mir gut zu.“

Gehorsam ließen sich Selina und Sebastian auf einer langen, niedrigen Bank gegenüber von Zenobius nieder. Zack flog quer durch den Raum und hockte sich auf eine hölzerne Stange, die oben an der Wand angebracht war. Sie sah aus, als wäre sie extra für ihn angefertigt worden.

„Der Wunsch“, begann Zenobius, „stammt von einem sehr jungen Einhorn.“ Sebastian versetzte Selina mit dem Ellbogen unauffällig einen Stoß. Er wollte sie damit warnen, nicht zu verraten, wie viel sie bereits wusste. „Dieses Einhornfohlen muss irgendwie von seiner Mutter und dem Rest der Herde getrennt worden sein", fuhr Zenobius fort. „Prinzessin Clarissa hat es entdeckt, als es am Rand des verzauberten Waldes herumirrte. Sie nahm es mit hierher und beschloss, niemandem etwas davon zu erzählen. Doch Zack hat das Kleine entdeckt, als er über die königlichen Stallungen flog."

„Kümmert die Prinzessin sich denn selbst um das Einhornfohlen?", fragte Sebastian.

„Natürlich nicht." Die Antwort kam von Zack, der sich mit einem schnellen Seitenblick zu Zenobius die Erlaubnis dafür geholt hatte. „Kannst du dir etwa vorstellen, dass sie mit ihren feinen Kleidern einen Stall ausmistet?"

„Na ja, eigentlich nicht", gab Sebastian zu.

„Sie hat einem der jungen Stallknechte damit gedroht, dass er seine Stelle verliert, wenn er sich weigert, sich um das kleine Einhorn zu kümmern. Einhörner gefangen zu halten, ist ein Skandal und gegen unser Gesetz!", fuhr Zack fort. „Deswegen habe ich mich neulich mit dem kleinen Kerl mal unter vier Augen unterhalten."

„Und was hast du zu ihm gesagt?", fragte Selina.

„Ich habe ihn gefragt, ob er glücklich ist“, sagte Zack flügelzuckend.

„Und, war er das?“, fragte Sebastian.

„Nein“, antwortete Zack. „Ganz und gar nicht. Deshalb wollte ich von ihm wissen, was er sich wünschen würde, wenn er einen Wunsch frei hätte.“

„Und was hat er geantwortet?“ Selina spielte die Rolle der Unwissenden ausgezeichnet.

„Das Fohlen sagte, es wolle nach Hause zu seiner Mama“, erwiderte der Rabe.

Betroffen schwiegen alle im Turmzimmer, dann ergriff Zenobius das Wort. Er sagte: „Ich habe beschlossen, dass dieser Wunsch erfüllt wird. Das Einhornfohlen soll deshalb so schnell wie möglich zu seiner Mutter und dem Rest der Herde zurückgebracht werden.“

„Wissen wir denn, wo die Herde sich aufhält?“, fragte Sebastian.

„Nein, wir wissen nur, dass sie zu anderen Weidegründen gezogen ist“, antwortete Zenobius. „Es ist eure Aufgabe, die Herde zu finden. Ich würde vorschlagen, dass ihr dort anfangt, wo der Kleine entdeckt wurde.“

„Aber das … das war am Rande des verzauberten Waldes“, stammelte Sebastian.

Zack stieß ein lautes Krächzen aus und verbarg seinen Kopf unter einem Flügel. Als Selina zu Sebastian hinübersah, bemerkte sie zu ihrer Überraschung, dass seine dunklen Augen voller Angst waren.

Der Herr der Wünsche nickte. „Das ist richtig“, sagte er. „Es ist allgemein bekannt, dass die Einhornherde jedes Jahr – und zwar um diese Zeit – durch den verzauberten Wald wandert. Doch was passiert ist, bevor das kleine Einhorn gefunden wurde, wissen wir nicht. Es kann sich nicht mehr daran erinnern, es scheint sein Gedächtnis nämlich vollständig verloren zu haben. Das könnte sich als eine echte Schwierigkeit für euch herausstellen.“

Sebastian warf Zack einen ernsten Blick zu.

Der Rabe nickte. „Leider stimmt das“, sagte er. „Das Kleine kennt nicht einmal mehr seinen Namen. Es weiß nur, dass es zu seiner Mutter zurückmöchte.“

„Vielleicht hat die Herde es ja absichtlich zurückgelassen“, meinte Selina.

„Das wäre eine Möglichkeit“, sagte der Herr der Wünsche. „Aber eine sehr ungewöhnliche. Es kommt so gut wie nie vor, dass Einhörner ihren Nachwuchs im Stich lassen.“ Er schwieg einen Moment und strich sich gedankenverloren übers Kinn. „Wahrscheinlicher ist“, fuhr er dann fort, „dass während der Wanderung der Einhörner durch den verzauberten Wald irgendetwas passiert ist, wodurch das Fohlen von seiner Herde getrennt wurde. Und ihr werdet erst einmal herausfinden müssen, was das war.“

Niemand sagte etwas. Selina fand, dass Sebastian trotz seiner goldbraunen Haut seltsam blass aussah.

„Warum macht ihr denn alle so ein düsteres Gesicht?“, fragte Zenobius. Er klang immer noch ungeduldig.

„Man erzählt sich furchtbare Geschichten über den verzauberten Wald“, sagte Sebastian. Seine Stimme klang gedämpft und ein bisschen zittrig, gar nicht so wie sonst. „Menschen sind darin verschwunden und nie wieder aufgetaucht. Räuber lauern dort auf Reisende und nicht weit entfernt liegt das Reich der Eiskönigin.“ Er hielt inne und erklärte Selina dann: „Die Eiskönigin ist sehr böse, man sagt, dass Soldaten ihrer Eisarmee nachts durch den Wald marschieren ..."

„Hast du da nicht etwas vergessen?", donnerte Zenobius. Er richtete sich zu seiner vollen Größe auf und blickte auf ihn hinunter.

„Und das wäre, Meister?" Sebastian hob ruckartig den Kopf und sah zu ihm auf.

„Wenn ihr die Zaubersprüche weise einsetzt, wird meine Magie euch schützen, denn sie ist stärker als die der Eiskönigin."

„Aber Ihr begleitet uns doch nicht, oder?", fragte Selina. Nach all dem Gerede über böse Eisköniginnen und Leute, die spurlos verschwanden, war ihr ganz mulmig zumute.

„Selbstverständlich nicht!", donnerte Zenobius. „Schließlich geht es darum, dass Sebastian mehr Erfahrung bekommt. Er muss sich im Zaubern üben und weitere Wünsche erfüllen, um sich seine Goldenen Sporen zu verdienen."

Der Herr der Wünsche raffte seine Gewänder zusammen. Dann drehte er sich abrupt um, ging zu einem Schrank, der hinter ihm an der Wand stand, und schloss ihn auf.

„Dort bewahrt er seine Zaubergegenstände auf“, flüsterte Sebastian Selina zu.

Als Zenobius sich umwandte und zu ihnen zurückkam, trug er eine schwarze Schatulle und zwei Pergamentrollen in den Händen, die beide mit einem roten Band umwickelt waren.

Feierlich streifte er das Band von einer der Rollen und öffnete sie mit einer schwungvollen Bewegung. „Ihr bekommt zwei Zaubersprüche, die euch bei der Suche helfen sollen. Dieser“, sagte er und strich über das Pergament, „ist der erste. Er darf diesen Raum nicht verlassen, deshalb werdet ihr ihn jetzt gleich auswendig lernen. Wenn ihr ihn dann später anwendet, müsst ihr den genauen Wortlaut beherrschen, sonst bleibt der Zauber wirkungslos. Verstanden?“

Beide nickten, aber Selina bemerkte, dass Sebastian immer noch besorgt aussah.

Zenobius räusperte sich. Doch bevor er zum Sprechen ansetzen konnte, nahm Selina ihren ganzen Mut zusammen und sagte: „Entschuldigen Sie bitte …“

Sebastian schnappte nach Luft. Der Herr der Wünsche erstarrte und warf ihr einen finsteren

Blick zu. „Ja?“, herrschte er sie an. „Was ist denn jetzt schon wieder?“

„Sebastian hat mir das zwar erzählt, aber ich hab's noch nicht richtig verstanden“, sagte Selina mit piepsiger Stimme. „Was kann man mit den Zaubersprüchen denn machen?“

„Alles“, donnerte Zenobius. „Alles, was man will. Es liegt in Sebastians Hand zu entscheiden, wann und zu welchem Zweck sie am besten eingesetzt werden.“

„Oh“, hauchte Selina ehrfurchtsvoll, „ich verstehe.“ Die Vorstellung, dass man mit einem Zauberspruch alles bewirken konnte, was man wollte, war einfach unglaublich.

Der Herr der Wünsche räusperte sich noch einmal und begann, die Worte des Zauberspruchs von der Rolle abzulesen. Er sprach mit lauter, erhabener Stimme, die in dem großen Turmzimmer widerhallte:

„Zamperin aus Zedeban,
die Macht war immer Euer,
von Zedeban nach Zavania
schickt das grüne Feuer!“

„Auweia!“, murmelte Sebastian.

„Kein Problem“, sagte Selina erleichtert. „Das ist doch ziemlich einfach.“

„Findest du?“ Sebastian sah sie erstaunt an.

„Na klar!“, meinte Selina. Sie hatte befürchtet, dass der Zauberspruch furchtbar kompliziert sein würde, aber der Vers war nicht schwieriger als die Gedichte, die sie in der Schule lernte.

„Wenn ihr die Güte hättet, euer Gespräch zu beenden, würde ich euch jetzt gerne den zweiten Zauberspruch geben“, sagte Zenobius streng. Zack kicherte auf seiner Stange vor sich hin.

„Aber ich hab den ersten doch noch gar nicht drauf“, murmelte Sebastian verzweifelt.

„Wir wiederholen sie gleich noch einmal“, entgegnete Zenobius ungeduldig. Er entrollte das zweite Pergament und begann zu lesen:

„Zilleria von Zissibong,
wo all die Zauberbäume blühn.
Zonda, Zoska, Zappazong,
erschein in einer Flamm' von Grün.“

„Das kann ich mir doch niemals merken", flüsterte Sebastian und ließ verzweifelt den Kopf hängen.

„Keine Angst", zischte Selina ihm zu. „Das hab ich ganz schnell gelernt, glaub mir."

„Doch alle Zaubersprüche dieser Welt", sagte Zenobius, „sind wertlos ohne einen Gegenstand, der den Zauber weiterleitet." Er blickte Selina an. „Wenn Sebastian sich seine Goldenen Sporen verdient hat, bekommt er seinen eigenen Zauberstab überreicht. Aber bis dahin ist es noch ein langer Weg. Im Moment ist er nur ein Lehrling." Während er sprach, öffnete er die schwarze Schatulle.

Selina beugte sich vor, um besser sehen zu können. Auf schwarzem Samt thronte ein Ring mit einem riesigen Smaragd in der Mitte.

Zenobius nahm den Ring aus der Schatulle und bedeutete Sebastian, sich zu erheben. Während er auf seinen Meister zutrat, zog Sebastian den Diamantring, den er getragen hatte, vom Finger, um ihn zurückzugeben. Zenobius legte ihn in die Schatulle, bevor er Sebastian den Smaragdring an den Finger steckte.

Selina hatte das Gefühl, vor Stolz auf ihren Freund zu platzen.

Als Sebastian die Hand hob, fiel ein Sonnenstrahl durch eine der winzigen Fensterscheiben und traf den Ring. In diesem Moment schien der Stein grünes Feuer zu versprühen.

„Ist der schön!“, hauchte Selina bewundernd.

„Diesmal trägst du die Kraft des Smaragds mit dir. Lass dich von seiner Macht nicht hinreißen“, sagte Zenobius mit feierlicher Stimme. „Du musst dem Smaragd und den Zaubersprüchen Respekt entgegenbringen und darfst sie nicht leichtfertig benutzen. Und vergiss nie, dass du für jeden Wunsch, den du erfüllst, nur zwei Zaubersprüche zur Verfügung hast.“

Zenobius machte eine Pause. „Nutze die Sprüche weise“, befahl er. „Ich werde dich anschließend danach beurteilen, wie du die Kräfte eingesetzt hast, die ich dir soeben verliehen habe. Und vergiss nicht“, wieder legte er eine bedeutungsvolle Sprechpause ein, „nachdem du deine beiden Zaubersprüche verbraucht hast, steht dir keine Magie mehr zur Verfügung. Dann seid ihr auf euch allein gestellt.“

Auf den Vortrag des Herrn der Wünsche folgte eine tiefe Stille. Als Zenobius erneut das Wort ergriff, klang er beinahe freundlich.

„Wir werden jetzt die Zaubersprüche noch einmal durchgehen“, sagte er. „Danach lasst euch das Essen schmecken, das Tirza zubereitet hat. Und dann solltet ihr euch auf den Weg machen.“

Im verzauberten Wald

„Sicher ist es gar nicht so unheimlich im verzauberten Wald, oder?“, fragte Selina Zack ängstlich, während sie auf Sebastian warteten. Der Junge war zu den königlichen Stallungen gegangen, um das Einhornfohlen zu holen.

„Willst du mich veräppeln?“ Zack schlug aufgeregt mit den Flügeln. „Das letzte Mal, als ich dort war, standen mir alle Federn zu Berge. Der Wald ist furchtbar gruselig.“

„Auweia!“, sagte Selina erschrocken. Sie war eigentlich ein ziemlich mutiges Mädchen, aber gruselige Zauberwälder waren auch ihr nicht geheuer. Ihre Angst verflog erst ein wenig, als Sebastian mit dem Einhornfohlen aus dem Stall kam. Er führte es an einer geflochtenen roten Leine mit sich.

„Wir müssen sofort aufbrechen“, sagte er. „Anscheinend macht Prinzessin Clarissa gerade ein Riesentheater im Schloss und beschwert sich lautstark beim Hofmarschall. Wir sollten verschwinden, bevor sie zurückkommt. Ich habe keine Lust auf ihr Herumgezicke.“

„Das kann ich mir vorstellen“, krächzte Zack. „Aber eins sag ich dir: Wenn sie erfährt, dass Zenobius Selina erlaubt hat, uns zu begleiten, wird sie erst recht aus dem Häuschen sein.“

„Du bist jetzt mal besser still“, knurrte Sebastian, „oder wir lassen dich hier.“

Keiner von ihnen sagte ein Wort, als sie die Stallungen verließen und durch die königlichen Gärten eilten. Zusammen mit dem kleinen Einhorn, das neben ihnen hertrottete, überquerten sie die Zugbrücke. Zack meckerte leise, als sie an den Wachen vorbeikamen. Dann folgten sie einem schmalen Pfad durch die Kornfelder.

Von der Prinzessin war nichts zu sehen. Damit Clarissa sie nicht doch noch einholen konnte, hielten sie erst an, als sie in einiger Entfernung zum Schloss waren. Im Schutz einer hohen Baumgruppe mit silbrig glänzenden Blättern machten sie schließlich Rast, damit Sebastian das Einhornfohlen befragen konnte.

„Kannst du dich denn an gar nichts mehr erinnern?“, fragte er sanft.

„Nein, leider nicht“, antwortete das kleine Einhorn. „Ich weiß nur noch, dass ich verzweifelt am Waldrand entlanggelaufen bin. Ich habe meine Mama gesucht, aber ich konnte sie nirgends finden. Dann habe ich zwei spielende Kinder gesehen.“

„War eins davon Prinzessin Clarissa?“, fragte Selina.

Das Einhornfohlen nickte. „Das wusste ich damals natürlich noch nicht. Und auch nicht, dass der Junge ihr Bruder war.“

„Kronprinz Frederik“, erklärte Sebastian.

„Ein dummer Bengel, der nichts Besseres zu tun hat, als sich den lieben langen Tag mit Süßigkeiten vollzustopfen.“ Zack schnaubte. „Wetten, dass er …“

„Zack!“, sagte Sebastian in einem warnenden Tonfall.

„Okay, ist ja schon gut!“ Der schwarze Vogel schwieg gehorsam.

„Und was passierte dann?“ Sebastian wandte seine Aufmerksamkeit wieder dem kleinen Einhorn zu.

„Die Prinzessin wollte mich behalten“, antwortete es. „Ihr Bruder meinte, das sei gegen das Gesetz, aber ihr war das egal. Jedenfalls haben die beiden mich mit zum Schloss genommen. Dort hat die Prinzessin mich in ihrem Spielhaus hinter den königlichen Stallungen versteckt und einem der Stallknechte befohlen, sich um mich zu kümmern. Er hatte wohl viel zu viel Angst vor ihr, um sich zu weigern.“

„Warum hat sie dich überhaupt mitgenommen, obwohl sie nicht einmal Lust verspürte, sich um dich zu kümmern?“, wollte Selina wissen. Sie musste an ihre Katze Schnurr denken und wie sehr sie es liebte, das Tier zu füttern und mit ihm zu spielen.

„Sie wollte warten, bis ich groß bin, und dann auf mir reiten“, antwortete das Einhornfohlen. „Damit sie vor ihren Freunden, die nur ganz normale Ponys haben, mit mir angeben kann.“

„Typisch Prinzessin!“, krächzte Zack, der auf einem Ast saß.

„War sie denn nett zu dir?“, fragte Selina besorgt.

„Ja, schon“, sagte der Kleine, „aber sie hat keine Ahnung von Einhörnern. Ich war so unglücklich, weil ich meine Mama ganz schrecklich vermisst habe. Und dann kam eines Tages Zack vorbei.“ Er blickte zum Raben hinauf, der ihm zunickte. „Er wollte wissen, was ich mir wünschen würde, wenn ich nur einen einzigen Wunsch frei hätte.“

„Und du hast gesagt, du möchtest zurück zu deiner Mama und dem Rest der Herde“, murmelte Selina, während ihr Tränen in die Augen traten.

„Aber wie soll das gehen?“, fragte das kleine Einhorn traurig. „Ich kann mich doch nicht einmal daran erinnern, wieso ich von ihr getrennt wurde.“

„Vielleicht musst du einfach nur zurück in den Wald“, sagte Sebastian. „Dann fällt dir womöglich alles wieder ein.“

„Ja, vielleicht.“ Das Fohlen nickte, klang aber nicht gerade überzeugt.

Sebastian stand auf und sah sich um, als wollte

er sich orientieren. Schließlich deutete er auf einen Punkt in einiger Entfernung. „Dort drüben im Norden liegt der Wald“, sagte er.

Selina schaute in die Richtung, in die er zeigte. Hinter den goldgelben Kornfeldern sah sie eine Ansammlung von Bäumen, die irgendwie beängstigend aussah. Obwohl es ein sonniger und warmer Tag war, lief ihr ein kalter Schauer über den Rücken.

Sie machten sich wieder auf den Weg. Im Gänsemarsch stapften sie durch die Felder und auf den Wald zu. Sebastian ging voran, Selina folgte ihm, dann kam das Einhornfohlen. Zack flog hinter ihnen her.

Schließlich erreichten sie die ersten Ausläufer des Waldes. „Bleibt dicht zusammen“, rief Sebastian ihnen warnend zu. Seine Stimme klang in der Stille ungewöhnlich laut. Am Waldrand standen die Bäume noch recht weit auseinander und das Sonnenlicht fiel durch die Zweige. Doch je weiter sie gingen, desto dichter standen die Bäume und desto dunkler wurde es. Nach einer Weile drang kaum noch Licht zu ihnen durch. Vorsichtig gingen sie weiter.

Das kleine Einhorn hatte seit einiger Zeit nichts mehr gesagt. Plötzlich blieb es stehen und begann unruhig, mit seinem rechten Vorderhuf in der weichen Erde zu scharren.

„Was ist los?“, fragte Sebastian leise. „Erinnerst du dich an etwas?“

„Ich … ich bin mir nicht sicher.“ Das Einhornfohlen blickte sich um und rollte furchtsam mit den Augen. „Ich glaube, hier ist etwas Schreckliches geschehen, aber ich weiß nicht, was.“

„Vielleicht sollten wir noch ein bisschen weitergehen“, schlug Sebastian vor.

Zack hatte sich bis jetzt bemerkenswert still verhalten. Doch als die Äste über ihren Köpfen eine Art dunkelgrünen Tunnel bildeten und es schlagartig kälter wurde, begann er nervös vor sich hin zu krächzen.

„Halt den Schnabel, Zack!“, schnauzte Sebastian ihn an. Sogar er klang jetzt nervös. Zack verstummte augenblicklich. Das einzige Geräusch, das man jetzt noch hörte, war das leise Hufklappern des kleinen Einhorns.

Sie hatten das Gefühl, schon kilometerweit gegangen zu sein. Ständig ließen sie ihre Blicke von rechts nach links schweifen, doch sie sahen nichts als Bäume.

Selina blieb plötzlich stehen. Das kleine Einhorn wäre beinahe in sie hineingerannt. Als Zack zu krächzen und mit den Flügeln zu schlagen begann, hielt auch Sebastian an. Er warf einen beunruhigten Blick über die Schulter, um zu sehen, was los war.

„Stimmt irgendetwas nicht?“, fragte er.

„Es sind die Bäume“, sagte Selina.

„Was ist denn mit denen?“, fragte Zack nervös.

„Sie … sie bewegen sich. Dabei geht doch gar kein Wind.“

„Was soll das heißen, sie bewegen sich?“ Voller Unbehagen ließ Sebastian seinen Blick über die Bäume schweifen, doch nichts regte sich.

„Ich weiß nicht“, sagte Selina. „Es passiert eigentlich nur, wenn wir gehen. Dann sieht es so aus, als würden sie sich immer näher an uns heranschleichen. Ich glaube, der Weg ist schon viel schmaler geworden.“

„Das ist doch nur Einbildung“, sagte Zack, aber selbst er klang nicht so selbstsicher wie sonst.

Sie waren erst ein paar Meter weitergegangen, als Selina aufschrie.

Zack verlor vor Schreck an Flughöhe. „Ach du liebes bisschen! Was ist denn jetzt schon wieder?“, krächzte er.

„Die Äste!“, rief Selina. „Seht doch! Sie sind wie Fangarme! Eben hat einer versucht, mich zu packen.“ Sie zeigte auf einen langen Ast, der wie eine Schlange aussah.

„Ich glaube, wir werden langsam müde“, sagte Sebastian. „Und wenn man müde ist, spielt einem die Fantasie oft einen Streich. Ich weiß, dass ihr eine Pause braucht, aber wir sollten trotzdem weitergehen.“

Die Freunde bissen die Zähne, beziehungsweise pressten den Schnabel zusammen. Sie versuchten, nicht an die schrecklichen Dinge zu denken, die zwischen den Bäumen lauern könnten, und marschierten tapfer weiter.

„Wir wissen, dass die Einhornherde den Wald durchquert hat“, sagte Sebastian kurz darauf. „Vielleicht finden wir ja Hinweise, die uns verraten, wo sie sich jetzt aufhält.“

Je weiter die vier gelangten, desto kälter wurde

es. Immer wieder hatte Selina das Gefühl, Bewegungen zwischen den Bäumen wahrzunehmen. Schließlich konnte sie das alles fast nicht mehr aushalten. „Wie weit müssen wir denn noch gehen?“, jammerte sie.

„Ich weiß es nicht“, gab Sebastian zu. „Bis jetzt haben wir noch keinen Beweis dafür gefunden, dass die Herde diesen Weg genommen hat.“

„Kannst du nicht einen Zauberspruch benutzen, um uns hier rauszubringen?“ Selina war den Tränen nahe. „Ich glaube, wir bewegen uns seit einiger Zeit im Kreis. Dieser Baum hier. Ich bin mir ganz sicher, dass wir an dem schon mal vorbeigekommen sind. Seht doch, er hat uns angegrinst!“

„Du spinnst ja“, krächzte Zack. „Bäume können nicht grinsen.“

„Der hier schon“, stieß Selina mit erstickter Stimme hervor. „Er hatte ein Gesicht, ein schreckliches Gesicht, und er hat mich angegrinst. Mir ist kalt, Sebastian. Mir gefällt es hier nicht. Ich will nach Hause.“

„Ich möchte jetzt eigentlich noch keinen Zauberspruch einsetzen.“ Sebastian klang besorgt.

Sogar er wirkte verängstigt. „Es ist viel zu früh dafür“, fuhr er fort. „Dann hätten wir bloß einen übrig, und wer weiß, was noch alles passieren wird.“

„Du hast ihn vergessen, stimmt’s? Aber ich nicht. Ich kann mich ganz genau daran erinnern.“ Und Selina begann leise aufzusagen:

„Zamperin aus Zedeban,
die Macht war immer Euer,
von Zedeban nach Zavania …“

Aber Sebastian hörte ihr gar nicht zu. Er hob den Kopf und hielt den rechten Zeigefinger vor seine Lippen.

„Sei still, Selina!“, fuhr er sie an. „Hörst du dieses Geräusch denn nicht?“

„Welches Geräusch?“ Selina schluckte. Alle standen wie erstarrt im düsteren Wald.

„Was kann das bloß sein?“, fragte Zack voller Panik und das kleine Einhorn wimmerte.

„Ich weiß es nicht“, murmelte Sebastian.

„Wir sind in Gefahr!“, stieß das Einhornfohlen hervor. Seine Nüstern bebten vor Angst.

„Ich hab zwar keine Ahnung, wie ihr das seht, Leute“, Zack schlug nervös mit den Flügeln, „aber ich werde jetzt so schnell wie möglich von hier verschwinden.“

Die Frau des Holzfällers

„Ja, lasst uns umkehren!“, sagte Selina.

Das kleine Einhornfohlen nickte zustimmend.

Begleitet von Zack, der neben ihnen herflog, drehten sie sich um und stürmten den Weg zurück, den sie gekommen waren.

„Halt!“, rief Sebastian. Selina und das Einhorn blieben wie angewurzelt stehen. „Wo wollt ihr eigentlich hin?“

Betreten blickten sie sich um.

„Es ist nicht gerade hilfreich, wenn ihr euch wie Angsthasen in die Büsche schlagt“, sagte er zornig. „Aber wenn euch das alles jetzt schon über den Kopf wächst, solltet ihr wirklich umkehren. Komm zu mir, kleines Einhorn, wir gehen weiter.“

„Nein, Sebastian“, sagte Selina mit schamrotem Gesicht. „Es tut mir echt leid. Ich komme mit euch.“

„Na, das gilt dann ja wohl auch für mich“, murmelte Zack.

„Wenn das so ist, sollten wir jetzt erst mal herausfinden, was das für ein Geräusch ist.“ Sebastian klang ziemlich unterkühlt.

Sie gingen tiefer in den Wald hinein und kamen dabei dem hämmernden Geräusch immer näher.

„Selina“, flüsterte das kleine Einhorn und stupste ihren Arm an. „Das gefällt mir gar nicht. Was glaubst du, hat das zu bedeuten?“

„Keine Ahnung.“ Selina musste schlucken. „Ich wünschte, Sebastian würde einen Zauberspruch benutzen.“

„Vielleicht solltest du dir das ganz offiziell wünschen“, krächzte Zack.

„Meinst du?“, fragte Selina im Flüsterton.

„Das Problem ist nur, dass du dafür den ganzen Weg zurückgehen und es mit Zenobius besprechen müsstest“, antwortete Zack.

„Seid ihr jetzt endlich mal still!“, knurrte Sebastian.

„’tschuldigung“, murmelte Selina und schaute

betreten zur Seite. Dabei fiel ihr Blick zwischen zwei Baumstämmen hindurch und sie blieb abrupt stehen. „Hey, seht doch mal, da unten!“, flüsterte sie aufgeregt.

Die anderen blieben ebenfalls stehen. Hinter den Bäumen ging es steil bergab. Die vier schauten auf einen Talkessel mit einer Hütte in der Mitte. Es war eine windschiefe, kleine Hütte mit efeubedeckten Wänden und einem roten Ziegeldach. Aus dem Schornstein stieg Rauch auf. Vor der Hütte stand ein Mann, der Holzscheite spaltete, die er danach auf einen hohen Stapel warf. Jedes Mal, wenn die Axt auf das Holz traf, war ein ohrenbetäubendes Knacken zu hören, das im Talkessel widerhallte.

„Das war also das Geräusch, das wir gehört haben“, sagte Sebastian. Ihm war die Erleichterung deutlich anzuhören.

„Ein Holzfäller“, krächzte Zack. Dann breitete er die Flügel aus und segelte hinunter zum Talkessel. Dort ließ er sich auf dem Holzstapel nieder.

Der Mann unterbrach seine Arbeit, sprach mit Zack und schaute dann zum Wald hoch. Der

Rabe hatte ihm offenbar erzählt, dass die anderen sie beobachteten.

„Kommt“, sagte Sebastian. „Wir gehen besser runter. Vielleicht kann er uns weiterhelfen.“

Die drei stolperten den steilen Hang hinunter, rutschten allesamt aus und landeten ineinander verknäult zu Füßen des Mannes.

„Das sind meine Freunde“, sagte Zack. „Sebastian, Selina aus der anderen Welt und das kleine Einhorn.“

Der Mann legte seine Axt beiseite und musterte die Neuankömmlinge von oben bis unten. Sein Haar war schneeweiß, das Gesicht wettergegerbt und von tiefen Falten durchzogen. Seine Augen unter den buschigen weißen Brauen wirkten freundlich. „Was treibt euch denn in den Wald?“, fragte er und blickte von einem zum andern.

„Wir suchen nach der Herde des kleinen Einhorns“, erwiderte Sebastian.

„Die Einhornherde, sagst du?“ Der Holzfäller runzelte die Stirn.

„Haben Sie sie gesehen?“ Selinas rote Locken wippten auf und ab, so aufgeregt war sie.

Er schüttelte den Kopf. „In letzter Zeit nicht“, sagte er. „Aber ich weiß, dass sie ab und zu durch den Wald ziehen.“ Neugierig betrachtete er das Einhornfohlen. „Und wie heißt du?“, fragte er.

„Das wissen wir nicht“, erklärte Sebastian. „Wir vermuten, dass es bei der Herde war, als hier im Wald etwas Schreckliches geschah. Das Problem ist, dass es sein Gedächtnis verloren hat und sich nicht mehr daran erinnern kann, was passiert ist.“

„Es hat sein Gedächtnis verloren, sagst du?“ Der Holzfäller wirkte bestürzt. „Das ist merkwürdig“, sagte er langsam. „Meine Frau hat auch ihr Gedächtnis verloren.“

„Ihre Frau?“ Sebastian sah an dem Mann vorbei durch die offene Tür der Hütte.

„Ja“, sagte er. „Es geschah erst neulich, als sie in der Nacht in den Wald ging, um Kräuter zu sammeln. Manche Kräuter kann man nämlich nur im Mondschein pflücken, versteht ihr?“

„Und was ist dann passiert?“, fragte Sebastian ungeduldig, während Zack aufgeregt mit den Flügeln schlug.

„Ich weiß es nicht.“ Der Holzfäller schüttelte

den Kopf. „Meine Frau ist nicht nach Hause gekommen. Da habe ich mir Sorgen gemacht und sie gesucht."

„Und haben Sie sie gefunden?", fragte Selina besorgt.

„Oh ja, das habe ich", erwiderte er grimmig. „Sie lag im tiefsten Wald, zwischen niedergetrampelten Büschen und abgeknickten Ästen."

„Was ist denn mit Ihrer Frau geschehen?", krächzte Zack.

„Keine Ahnung." Der Mann seufzte. „Aber sie war in einem furchtbaren Zustand, das kann ich euch sagen. Ihr Körper war eiskalt und sie hat mich nicht erkannt. Sie wusste nicht einmal mehr ihren Namen. Ich habe sie nach Hause getragen und ins Bett gebracht. Dort liegt sie seitdem. Sie ist sehr schwach und ich fürchte, ihre Kraft schwindet von Tag zu Tag. Die Erinnerung ist immer noch nicht zurückgekommen und ihr ist nach wie vor eiskalt. So kalt, dass es kaum zu ertragen ist", fügte er traurig hinzu.

„Dürfen wir sie sehen?", fragte Selina mit sanfter Stimme.

„Na ja", sagte der Holzfäller zögernd, „warum

eigentlich nicht. Aber es geht ihr wirklich sehr schlecht."

Während Zack und das Einhornfohlen draußen warteten, folgten Sebastian und Selina dem Holzfäller in die Hütte.

Seine Frau lag in einem schmalen Bett unter dem Fenster. Ihr Gesicht war sehr blass, ihr graues Haar ungekämmt und zerzaust.

Der Mann kniete sich neben das Bett und nahm ihre Hand.

„Die beiden suchen nach der Einhornherde", sagte er. „Sie haben ein Einhornfohlen dabei, das genau wie du sein Gedächtnis verloren hat."

Die Frau öffnete die Augen und sah Selina und Sebastian mit mattem Blick an.

„Können Sie sich an irgendetwas erinnern, was in dieser schlimmen Nacht im Wald passiert ist?", fragte Selina und sank ebenfalls neben dem Bett auf die Knie.

Der Gesichtsausdruck der Frau verfinsterte sich und Schweißperlen bildeten sich auf ihrer Stirn. „Ich weiß nicht, ob ich überhaupt darüber nachdenken möchte", sagte sie. „Mein Mann hat mir erzählt, dass all meine Beschwerden in der besagten Nacht begonnen haben. Die Schmerzen in meinen Beinen sind inzwischen so schlimm, dass ich mich kaum noch bewegen kann. Und mir ist furchtbar kalt. Es tut mir leid, aber ich kann euch nicht helfen."

„Ich glaube, wir gehen jetzt besser", flüsterte Sebastian Selina ins Ohr. „Wir sollten die arme Frau nicht noch weiter quälen." Er legte eine Hand unter Selinas Ellbogen und half ihr hoch.

Sie waren schon fast an der Tür, als die Frau ihnen hinterherrief: „Sagtet ihr nicht, ihr hättet ein Einhorn bei euch, das ebenfalls sein Gedächtnis verloren hat?"

„Ja." Selina drehte sich eifrig um.

„Ich möchte es sehen", sagte die Frau mit schwacher Stimme.

Sebastian stürmte nach draußen und kam einen Moment später mit dem kleinen Einhorn an der roten Leine wieder herein.

Die Frau des Holzfällers hob den Kopf, um es anzuschauen. Auf einmal wurden ihre Augen groß und sie versuchte sich aufzusetzen.

„Du warst auch da!", sagte sie atemlos. „Es war Nacht, ich habe dich im Mondschein gesehen. Du warst mit deiner Mutter und dem Rest der Herde im Wald …“

„Sie erinnert sich!“, flüsterte der Holzfäller. In diesem Moment kam Zack in den Raum gehüpft und ließ sich auf der Messingstange am Fußende des Bettes nieder.

„Ihr Einhörner habt euch im Mondlicht anmutig durch den Wald bewegt. Ihr saht so stolz und so würdevoll aus“, fuhr die Frau des Holzfällers mit schleppender Stimme fort.

„Und was ist dann passiert?“, drängte Sebastian. „Können Sie sich daran erinnern?“

„Sie kam“, murmelte die Frau. Angst stand ihr in den Augen. „Sie kam mit ihren Soldaten und dann haben …“

„Wer?“, stieß Selina hervor.

„Die Eiskönigin“, flüsterte die Frau.

Ein kühler Wind schien durch den Raum zu wehen.

„Die Soldaten fielen wie ein Heuschreckenschwarm in den Wald ein“, fuhr sie nach einer Weile fort, „und die armen Einhörner stoben vor Schreck in alle Richtungen. Das panische Stampfen ihrer Hufe und ihre Schreie waren furchtbar.

Solche Laute hatte ich noch nie gehört, und ich hoffe, ich muss so etwas auch nie wieder hören. Deine Mutter hat dir zugerufen, dass du fliehen sollst“, sagte sie mit einem Blick auf das kleine Einhorn. „Sie schrie immer wieder: ‚Lauf, Peregrin, lauf!‘“

„Oh!“, sagte Selina. Sie stand auf und ging zum Einhornfohlen hinüber. Dann beugte sie sich herab und schlang die Arme um seinen Körper. „Du heißt also Peregrin?“

„Ja“, antwortete das Fohlen, als sie es auf die Nüsternspitze küsste. „So heiße ich und jetzt erinnere ich mich auch wieder, dass ich weggelaufen bin. Ich bin gerannt und gerannt, bis ich nicht mehr konnte, aber …“ Peregrin blickte zur Frau des Holzfällers. „Wissen Sie, was passiert ist, nachdem ich weggelaufen bin?“

„Die Eiskönigin hat ihren Soldaten kreischend befohlen, ein Einhorn zu fangen, das ihre Kutsche ziehen soll“, antwortete die Frau.

Zack stieß ein leises Krächzen aus und versteckte seinen Kopf unter einem Flügel. Das kleine Einhorn wimmerte vor Angst.

Nur Selina war verwirrt. „Wer ist denn die Eiskönigin?", fragte sie. „Warum haben alle solche Angst vor ihr?"

„Sie ist eine böse Frau", sagte der Mann schlicht. „Böse und hinterhältig."

„Bitte erzählen Sie uns, was dann geschehen ist", forderte Sebastian die Frau des Holzfällers freundlich auf.

Sie schloss für einen Moment die Augen und atmete tief ein. Sie schien Kraft zu sammeln, um ihnen die furchtbaren Erlebnisse überhaupt schildern zu können.

Selina spürte, wie Peregrin sein Gesicht an ihren Rücken presste, als könnte er auf diese Weise all die Bilder der schrecklichen Nacht vertreiben, die zusammen mit seinem Gedächtnis zurückgekehrt waren.

Eine angespannte Stille herrschte im Raum, während alle darauf warteten, dass die Frau des Holzfällers weitererzählte.

„Ich habe die Eiskönigin ganz deutlich gesehen", fuhr sie schließlich fort. „Sie saß auf ihrem weißen Hengst. Die Einhörner waren außer sich vor Angst. Sie rannten sich gegenseitig über den Haufen und wieherten kläglich, als die Soldaten

Jagd auf sie machten. Nachdem Peregrins Mutter ihm eingeschärft hatte, so schnell wie möglich wegzulaufen, hat sie sich umgedreht und den Soldaten entgegengestellt. Wahrscheinlich hat sie gedacht, ihr Fohlen hätte so eine größere Chance zu entkommen. Doch damit besiegelte sie ihr eigenes Schicksal. Die anderen Einhörner konnten alle fliehen. Sie wurde eingefangen und mitgezerrt."

Vom Erzählen erschöpft, ließ sich die Frau des Holzfällers in die Kissen sinken und schloss die Augen.

„Aber wo ist sie jetzt?", rief Peregrin. „Wo haben sie meine Mama hingebracht?"

„In den Eispalast", sagte die Frau traurig. „Nachdem die Soldaten sie eingefangen hatten, kam die Eiskönigin herbeigeritten und sagte, deine Mutter sei genau die Richtige für ihre Pläne."

„Hat die Eiskönigin bemerkt, dass Sie das alles mitbekommen haben?", fragte Zack.

„Ja." Die Frau seufzte tief. „Sie hat mir in die Augen geschaut und mich mit einem Fluch belegt, der mein Gedächtnis und meine Beine gefrieren ließ. Da der kleine Peregrin in meiner Nähe war, hat der Fluch ihn wahrscheinlich noch leicht erfasst." Mit einem erneuten Seufzer wandte sie sich ihrem Mann zu, der ihr zärtlich über die Hand strich.

„Anna, mein Liebling", murmelte er bedrückt.

„Das ist ja schrecklich", rief Selina, geschockt von dem, was sie gerade gehört hatte.

„Peregrins Mutter ist also entführt worden", sagte Zack nachdenklich. „Und jetzt ist sie die Gefangene der Eiskönigin."

„Wo lebt die Eiskönigin eigentlich?", fragte Selina.

„In ihrem Eispalast", antwortete der Holzfäller. „Er steht im Norden, im äußersten Zipfel des verzauberten Waldes. Ihr Reich wird Land des Frosts genannt."

„Mir wird schon kalt, wenn ich nur daran denke", flüsterte Selina. Dann wandte sie sich an Sebastian und sagte: „Und was machen wir jetzt?"

„Unsere Aufgabe ist es, Peregrins Wunsch zu erfüllen", erwiderte Sebastian gedehnt. „Und er hat sich gewünscht, zu seiner Mutter zurückzukehren. Aber er möchte bestimmt kein Gefangener der Eiskönigin sein. Oder, Peregrin?“

„Nein!“, rief Peregrin aus. „Ich möchte nur schnell wieder bei meiner Mama Pamina sein … und bei meinem Papa Cornelius und beim Rest der Herde.“

„Also bleibt uns nur eins übrig“, sagte Sebastian mit fester Stimme. „Wir müssen Peregrins Mutter aus dem Eispalast retten und zusammen mit ihrem Fohlen zurück zur Herde bringen.“

„Au Backe!“, krächzte Zack.

Der Holzfäller schüttelte traurig den Kopf, als sei das ein aussichtsloses Unterfangen.

Seine Frau schaute Sebastian zweifelnd an. „Wie willst du die böse Eiskönigin denn jemals überwältigen?“

Sebastian ließ seinen Umhang zur Seite schwingen und richtete sich zu seiner vollen Größe auf. „Die Eiskönigin ist zwar mächtig“, sagte er stolz, „doch ich gebiete über Zauberkräfte, die ihrer finsteren Magie sicher überlegen sind.“

„So ist’s recht, mein Sohn, zeig’s ihr!“, krächzte Zack.

Nachdem sie sich den größten Teil der Nacht ausgeruht und ein einfaches Mahl mit dem Holzfäller und seiner Frau geteilt hatten, machten sich die Freunde noch vor dem Morgengrauen auf den Weg. Sie durchquerten den Wald in Richtung Norden. Ihr Ziel war der Eispalast im Land des Frosts. Keiner sagte ein Wort, bis Selina schließlich das Schweigen brach.

„Sebastian“, sagte sie. „Ich mache mir Sorgen um Peregrins Mutter, aber ich muss auch immer wieder an die arme Frau denken.“

Er blieb stehen. „An die Frau des Holzfällers?“, fragte er. „Das geht mir auch so.“

„Was wird bloß aus ihr werden?“, erkundigte sich Selina.

„Da der Fluch der Eiskönigin auf ihr liegt, wird ihr immer kälter werden und sie wird langsam erfrieren.“

„Wie furchtbar!“, sagte Selina. Nachdem sie eine Weile geschwiegen hatte, nahm sie den Faden wieder auf. „Sagtest du nicht, deine Zauberkraft sei stärker als die Macht der Eiskönigin?“

„Ja.“ Sebastian nickte.

„Kannst du denn nicht irgendetwas tun?“

„Ich habe auch schon darüber nachgedacht“, sagte Sebastian. „Ja, ich könnte tatsächlich etwas für sie tun. Aber dafür müssten wir einen unserer Zaubersprüche opfern.“

„Na ja …“, begann Selina.

„Wenn ich alleine wäre, würde ich keine Sekunde zögern“, sagte Sebastian. „Aber wir sind zu viert und uns könnten noch viele Gefahren begegnen …“

„Wir sollten es trotzdem tun“, meinte Selina. „Schließlich hat sie uns auch geholfen. Wenn sie nicht gewesen wäre, wüsste keiner von uns, was in der Nacht passiert ist, oder? Da wir nicht allzu weit gekommen sind, wird dein Zauber sie bestimmt noch erreichen.“

„Ich finde auch, wir sollten der Frau des Holzfällers helfen“, meldete sich plötzlich Peregrin zu Wort. „Durch sie habe ich mein Gedächtnis wiedergefunden.“

„Auf mich könnt ihr ebenfalls zählen“, ließ sich Zack vernehmen.

Sebastian wandte sich ab und trat ein Stück beiseite. Er sah so einsam aus, dass er Selina richtig leidtat. Am liebsten wäre sie zu ihm gegangen und hätte ihm irgendwie geholfen. Doch bevor sie einen Schritt auf ihn zumachen konnte, hatte er sich schon wieder zu ihnen umgedreht.

„Ihr seid also alle einverstanden?“, fragte er. Die drei nickten entschlossen.

„Tja, dann …“ Er holte tief Luft und sah gen Himmel. Trotz der Morgendämmerung war der Mond immer noch zu sehen. Sebastian hob die Hand, sodass der Smaragdring in seinem silbrigen Licht schimmerte. Langsam und deutlich begann er, den Zauberspruch aufzusagen:

„Zamperin aus Zerevan,
die Macht war immer Euer,
von Zerevan nach Zavania
schickt …“

„Zedeban“, unterbrach ihn Selina.

„Was?“, entfuhr es Sebastian.

„Es muss Zedeban heißen“, wiederholte sie. „Von Zedeban nach Zavania.“

„Aber das hab ich doch gesagt!“ Sebastian schnaubte.

„Nein“, widersprach Selina. „Hast du nicht.

Du hast leider Zerevan gesagt. Jeder Buchstabe muss stimmen, Sebastian. Du weißt doch, dass Zenobius dich gewarnt hat. Wenn der Zauberspruch nicht korrekt wiederholt wird, wirkt er nicht."

„Sie hat Recht", sagte Zack.

„Na gut, dann eben Zedeban", knurrte Sebastian. „Er fuhr fort: „*... von Zedeban nach Zavania schickt ...*"

„Ich denke, du solltest besser den ganzen Spruch noch mal wiederholen", unterbrach ihn Selina.

Genervt warf ihr Sebastian einen Blick zu. Einen Moment lang dachte Selina, er würde sich weigern.

„Soll ich ihn mit dir zusammen aufsagen?", fragte sie vorsichtig.

Sebastian zögerte.

„Es muss alles richtig sein, mein Junge", sagte Zack. „An deiner Stelle würde ich ihr Angebot annehmen."

„Also gut", sagte Sebastian schließlich und
zuckte die Achseln. Dann wiederholten er und Selina gemeinsam den gesamten Zauberspruch.

„Zamperin aus Zedeban,
die Macht war immer Euer,
von Zedeban nach Zavania
schickt das grüne Feuer!“

Und als der Smaragdring im Mondlicht aufleuchtete, rief Sebastian laut: „Möge der Fluch der Eiskönigin von der Frau des Holzfällers genommen werden!“

Ein hellgrüner Blitz zuckte durch die Luft. Im nächsten Moment verschwand der Mond hinter einer Wolke und sie fanden sich in absoluter Dunkelheit wieder.

„Woher weißt du, ob es funktioniert hat?“, flüsterte Peregrin.

„Das hat es“, sagte Sebastian ruhig. „Daran besteht kein Zweifel.“

„Oh, Sebastian“, hauchte Selina bewundernd.

„Und jetzt“, sagte er, „müssen wir uns weiter auf den Weg zum Palast der Eiskönigin machen, um unsere Aufgabe zu erfüllen.“

Im Reich der Eiskönigin

Sie wanderten den ganzen Tag hindurch und je weiter sie kamen, desto kälter wurde es. Als die Nacht hereinbrach, zitterte Selina und ihre Zähne klapperten.

„Du frierst ja“, sagte Sebastian, nahm seinen schwarzen Umhang ab und legte ihn um ihre Schultern. Er war Selina zu lang, weil Sebastian viel größer war als sie, aber herrlich warm. „Ist es so besser?“, fragte er.

„Oh ja!“, seufzte Selina. „Aber was ist mit dir? Jetzt wirst du doch frieren.“

„Mir ist nicht kalt“, erwiderte Sebastian.

Selina hatte den Verdacht, dass er das nur sagte, damit sie kein schlechtes Gewissen bekam.

„Und was ist mit den anderen?“, fragte sie mit einem Blick über ihre Schulter.

„Denen geht’s gut“, sagte Sebastian. „Zack hat Federn, die ihn warm halten, und Peregrin hat ein dichtes Fell.“

Einige Stunden später, als die Morgendämmerung bereits anbrach und es langsam hell wurde, sagte Selina: „Glaubst du, es ist noch weit bis zum Eispalast?“

„Ich weiß es leider nicht.“ Sebastian sah sich um. „Aber ich denke, wir können nicht mehr allzu weit davon entfernt sein. Es ist ja noch viel kälter geworden, und sieh dir doch nur mal die Bäume an. Ihre Zweige sind Eiszapfen und die Blätter sind gar keine Blätter, sondern Schneeflocken.“

„Sie sind wunderschön“, sagte Selina und berührte einen der Eiszapfen mit dem Finger. Hastig zog sie ihre Hand zurück. „Ist das kalt!“ Sie schnappte nach Luft. „Das tut weh, als hätte ich mich verbrannt.“

„Dieser Teil des Waldes ist wie die Eiskönigin“, sagte Sebastian mit ernster Miene. „Schön, aber tödlich.“

„Wie wär's, wenn ich vorfliege und mal schaue, wie weit es noch ist?", fragte Zack.

„Gute Idee", meinte Sebastian. „Aber pass auf, dass dich niemand sieht. Ein schwarzer Vogel fällt in einer weißen Landschaft sehr leicht auf."

„In Ordnung", sagte Zack, breitete die Flügel aus und schwebte zwischen den Bäumen aus Eis davon.

Sie folgten jetzt einem schmalen Pfad. Außer dem trostlosen Heulen des Windes und dem gelegentlichen Knacken, wenn Peregrin mit seinen Hufen auf eine gefrorene Pfütze trat, war nichts zu hören.

Zack kehrte nicht zurück. Als Selina sagte, sie würde sich Sorgen um ihn machen, zuckte Sebastian nur die Achseln. „Wenn jemand auf sich selbst aufpassen kann, dann ist es Zack", versuchte er sie zu beruhigen. Doch Selina machte sich weiterhin Sorgen und wünschte, Zack wäre wieder bei ihnen.

Nach einer Weile wurden die Bäume auf der einen Seite des Pfads weniger und gaben den Blick auf einen riesigen See frei, der mit Eis bedeckt war.

Hinter dem See tauchte ein gigantischer Palast aus dem frühmorgendlichen Nebel auf. Er funkelte und glitzerte im blassen Licht der Dämmerung. Seine Mauern und Zinnen sahen aus, als wären sie aus Glas. Hunderte von Türmchen ragten gen Himmel und schienen ihn durchbohren zu wollen.

„Der Eispalast!“, sagte Sebastian. Sein Atem hing in der kalten Luft. Eng aneinandergedrängt starrten sie den Palast an.

Er erinnerte Selina an das Bild von einem Märchenschloss, das sie einmal in einem Buch gesehen hatte. Doch bevor sie diesen Gedanken aussprechen konnte, erfüllte ein sirrendes Geräusch die Luft, gefolgt von lauten Flügelschlägen. Zack war zurückgekehrt.

„Ihr müsst euch verstecken“, krächzte er. „Soldaten der Eisarmee sind auf dem Weg in den Palast. Sie kommen gleich hier entlang!“

„Hinter die Büsche!“, sagte Sebastian.

Hastig verließen sie den Pfad und kauerten sich hinter einem silbrig weißen Gebüsch in das hohe, gefrorene Gras. Gerade noch rechtzeitig, denn gleich darauf hörten sie das gleichmäßige Stampfen von Stiefeln, die über den gefrorenen Pfad immer näher kamen.

Reglos und mit angehaltenem Atem sahen die Freunde zu, wie die Soldaten der Eisarmee direkt vor ihrer Nase vorbeizogen.

Die Männer waren hochgewachsen und trugen eisblaue Uniformen. Ihre silbernen Schilde waren rund, aber alles andere an ihnen schien spitz zu sein: die Helme und Speere, die Stiefel und sogar die Finger ihrer Panzerhandschuhe. Selbst die Ohren und Nasen wirkten ungewöhnlich lang und spitz.

„Die sehen aber komisch aus", flüsterte Selina Sebastian zu, als der Letzte der Truppe aus ihrem Blickfeld verschwunden war.

„Hast du nicht gemerkt, dass sie vollständig aus Eis bestehen?", flüsterte Sebastian zurück.

„Aus Eis?" Selina erschauderte.

„Pssst!", ermahnte Zack sie. „Das waren die Soldaten der Eiskönigin, die nachts durch den Wald marschieren und nach Menschen und Tieren Ausschau halten."

„Was geschieht, wenn sie jemanden finden?", fragte Peregrin mit zittriger Stimme.

„Dann nehmen sie ihn mit in den Palast. Danach wird er nie wieder gesehen."

„Ist das wie bei meiner Mama?", fragte Peregrin angstvoll.

„So ungefähr", sagte Zack. Doch als er sah, wie sich die Augen des kleinen Einhorns mit Tränen füllten, fügte er hastig hinzu: „Aber du siehst deine Mama natürlich wieder, weil wir sie da rausholen werden."

„Was passiert mit denen eigentlich im Sommer?", fragte Selina neugierig.

„Wie meinst du das?" Sebastian runzelte die Stirn.

„Na, was passiert mit den Soldaten? Du hast doch gesagt, sie wären aus Eis. Was geschieht im Sommer, wenn die Sonne scheint? Schmelzen sie dann?"

„Im Land des Frosts ist die Sonne immer von Wolken verdeckt", antwortete Sebastian. „Hier herrscht ewiger Winter."

Diese Vorstellung erschreckte Selina sehr. Wie furchtbar: kein Sommer, keine Sonne, keine Blumen und keine Strandausflüge.

„Euer nettes Schwätzchen in allen Ehren",

sagte Zack sehr ernst, „aber hat irgendwer von euch schon mal darüber nachgedacht, wie wir in diesen Kasten reinkommen?"

„Vielleicht mit dem zweiten Zauberspruch", schlug Peregrin hoffnungsvoll vor.

„Den sollten wir uns lieber noch aufheben", meinte Sebastian. „Vielleicht brauchen wir ihn, um wieder herauszukommen."

„Warum das denn?", fragte Selina.

„Der Palast ist die reinste Festung", antwortete Zack. „Er besteht vollständig aus Eis und die Wände sind über einen Meter dick."

„Gibt es dort einen Burggraben?", fragte Selina, der in diesem Moment der Graben um das königliche Schloss wieder einfiel.

„Nein." Zack schüttelte den Kopf. „Der würde ja auch nicht viel nützen. Burggräben sollen Angreifer und unerwünschten Besuch fernhalten. Wenn es hier einen gäbe, wäre das Wasser darin gefroren und jeder könnte einfach hinüberschlittern."

„Richtig", sagte Sebastian. „Aber wie schützen sie sich dann vor Eindringlingen?"

„Na, mit den Soldaten", krächzte Zack. „Von

denen wimmelt's da nur so. Sie bewachen die Eingänge und schieben auf den Mauern Wache."

„Wie können wir denn bloß an denen vorbeikommen?", fragte Selina bestürzt.

„Irgendwie müssen sie doch Vorräte in den Eispalast bringen", dachte Sebastian laut nach.

„Stimmt", meinte Zack eifrig. „Ich habe vorhin gesehen, wie ein Wagen mit Lebensmitteln durch ein schmales Seitentor in den Palast gefahren ist."

„Das könnte die Lösung sein", sagte Sebastian. Obwohl er langsam und bedächtig sprach, war ihm die Aufregung anzumerken. „Vielleicht kommen wir so hinein." Er wandte sich zum Eispalast. „Gehen wir."

Die Freunde näherten sich dem Palast mit äußerster Vorsicht. Gebückt schlichen sie von Gebüsch zu Gebüsch, von einem dicken Baumstamm zum nächsten. Alles schien ruhig zu sein, doch gerade, als sie das letzte Stück bis zu den Mauern überwinden wollten, öffnete sich das Haupttor und eine Gruppe Eissoldaten marschierte heraus.

„Wartet!“ Sebastian hielt die anderen im letzten Moment zurück. Sie versteckten sich hastig hinter einem Gebüsch.

Die Soldaten tauschten mit denjenigen, die bis jetzt die Tore bewacht hatten, die Plätze.

„Los!“, sagte Zack, als die Tore sich wieder schlossen. „Wir müssen jetzt irgendwie zur Seitenmauer kommen und den Eingang finden, durch den die Vorräte gebracht werden.“

Zack flog auf Sebastians Augenhöhe voran, die anderen folgten ihm. Sie umrundeten die Mauern des riesigen Bauwerks und stürmten mit letzter Kraft auf eine Ansammlung großer Felsbrocken zu.

Keuchend und nach Luft schnappend, ließen sie sich hinter die schneebedeckten Steine fallen.

„Geschafft!“, krächzte Zack. „Da ist das Tor!“ Als sie vorsichtig über die Felsen blickten, entdeckten sie den zweiten, wesentlich kleineren Eingang.

„Aber an diesem Tor stehen auch Wachen“, gab Peregrin zu bedenken.

„Zack, wie ist das abgelaufen, als der Wagen mit den Vorräten ankam?“, fragte Sebastian.

„Er hat abgebremst“, antwortete Zack. „Die Wachen haben mit dem Kutscher gesprochen und ihn dann durchs Tor gewunken.“

„Gut“, sagte Sebastian. Die anderen sahen ihn erstaunt an. „Das hatte ich gehofft. Jetzt hört mal alle gut zu. Wenn der nächste Wagen kommt und die Wachen mit dem Kutscher sprechen, schleichen Selina und ich aus diesem Versteck, flitzen zum Wagen, klettern hoch und verkriechen uns zwischen den Vorräten.“

„Und was ist, wenn die Wachen den Wagen kontrollieren wollen?“, fragte Selina zweifelnd.

„Das wollen wir doch nicht hoffen“, murmelte Zack kaum hörbar.

„Und was ist mit mir?“, maulte Peregrin.

„Ich möchte, dass du hier bei Zack bleibst“, erwiderte Sebastian.

Peregrin machte ein langes Gesicht. „Oh“, sagte er enttäuscht. „Kann ich nicht mit euch kommen?“

„Nein, Peregrin“, sagte Sebastian. „Ich glaube,

das ist keine gute Idee. Du weißt doch, wie die Eiskönigin mit Einhörnern umgeht. Wenn dich irgendjemand sieht, wirst du sofort zu den Ställen geschleppt. Und dann müssen wir außer deiner Mutter auch noch dich retten. Zudem ist es für Selina und mich gut zu wissen, dass Zack und du außerhalb der Mauern seid und auf uns wartet. Möglicherweise brauchen wir eure Hilfe, um wieder herauszukommen."

Die Freunde mussten lange hinter den Felsen ausharren. Kein Wagen näherte sich. Die Tore blieben fest verschlossen. Aber sie konnten ganz deutlich die Soldaten erkennen, die auf den Schutzwällen und am Fuß der Palastmauern Wache schoben.

„Vielleicht haben sie für die nächste Zeit schon alle Vorräte bekommen", flüsterte Selina. Ihr Körper war völlig steif und verkrampft, weil sie so lange still gesessen hatte. Es war wohl doch keine so gute Idee gewesen, auf den nächsten Wagen zu warten.

Als sie schon fast die Hoffnung aufgegeben hatten, legte Zack den Kopf schief.

„Hört doch!", krächzte er leise.

Selina spitzte die Ohren und dann hörte sie es auch: Das gleichmäßige Klappern von Pferdehufen.

„Klingt so, als würde es gleich losgehen“, sagte Sebastian aufgeregt. „Weiß jeder, was er zu tun hat? Selina?“

„Na klar!“, antwortete sie.

Sie warteten angespannt, während das Hufgetrappel immer lauter wurde. Doch dann erschien in ihrem Blickfeld nicht wie erwartet der Karren eines Händlers, sondern eine schmale, elegante Rennkutsche. Sie jagte über den vereisten Boden und wurde von einer hochgewachsenen, in einen Pelzmantel gehüllten Frau gelenkt.

„Die Eiskönigin!“, murmelte Sebastian.

Den Freunden lief ein Schauer über den Rücken, als die Frau die Peitsche knallen ließ und das arme Tier, das ihren Wagen zog, sich aufbäumte und panisch wieherte.

Sogar von ihrem Versteck aus konnten sie sehen, dass es angstvoll mit den Augen rollte und die Nüstern blähte.

Als der Wagen an ihnen vorbeifegte, wurde Selina klar, dass es sich nicht um ein ganz normales Pferd handelte. Es war ein prachtvolles Tier mit einer wallenden Mähne und schneeweiß leuchtendem Fell. Sein Maul war mit Schaum bedeckt und aus seiner Stirn ragte ein gewundenes Horn.

„Das ist meine Mama!“, rief Peregrin. Geistesgegenwärtig legte Sebastian seine Hand auf das Maul des Einhornfohlens und packte die rote Leine. Damit verhinderte er in letzter Sekunde, dass der Kleine aus ihrem Versteck stürmte, um zu seiner Mutter zu gelangen.

Wieder hallte das Knallen der Peitsche durch die Luft. Peregrin versuchte mit aller Kraft, sich loszureißen, was ihm nicht gelang. Hilflos musste er mit ansehen, wie die Wachen die Kutsche der Eiskönigin durchs Tor ließen und es hinter ihr wieder verriegelten.

„Wir holen sie da raus, Peregrin, das verspreche ich dir“, sagte Sebastian, um das Fohlen zu beruhigen.

„Aber wie …?“ Peregrin klang verzweifelt. Auch Selina beschlich langsam das Gefühl, dass ihr Plan scheitern würde.

Doch ihnen blieb keine Zeit für weitere Gespräche. Kaum waren die Geräusche des ersten Fahrzeugs verklungen, kündigte sich bereits das nächste an. Diesmal war lauteres, doch deutlich langsameres Hufgetrappel zu hören, vermischt mit Quietschgeräuschen.

„Das könnte er sein!“, sagte Sebastian aufgeregt. Alle hielten vor Spannung den Atem an.

Er war es tatsächlich. Gezogen von einem sehr alten Pferd, das von einem ebenfalls ziemlich alten Mann gelenkt wurde, holperte ein Wagen in ihr Blickfeld.

Die vier Freunde sahen schweigend zu, wie er nur wenige Meter von ihrem Versteck entfernt vorbeifuhr. Als er vor den Toren des Eispalastes schwankend zum Stehen kam, fragte Sebastian: „Fertig, Selina? Dann los jetzt!“

Aus Angst, er könnte sie behindern, ließ Selina den Umhang zurück. Sie machte sich so klein wie möglich und rannte hinter Sebastian her.

„Komm, schnell!“ Er hob die Plane an und half ihr beim Hochklettern.

Nachdem Sebastian die Plane über sie gezogen hatte, konnten sie nichts mehr sehen. Ein seltsamer Geruch ging von den knubbeligen Gegenständen aus, auf denen sie lagen.

„Was bringst du uns denn heute?“, fragte jemand barsch.

„Nur Kohlköpfe", murmelte der Kutscher. „Nichts Aufregendes."

„Und woher sollen wir wissen, dass du sonst nichts dabeihast?", wurde der Fahrer gefragt.

„Oh nein!" flüsterte Selina, als sich jemand an der Plane zu schaffen machte.

„Versteck dich unter den Kohlköpfen!", zischte Sebastian ihr zu. „Kriech so tief hinein, wie du kannst!"

Es war nur noch eine Frage von Sekunden, bis sie entdeckt werden würden.

Plötzlich war ein Flattergeräusch zu vernehmen, gefolgt von einem lauten Krächzen. Dann hörte man die Wutschreie eines Wachtmanns.

„Verschwinde! Nehmt doch endlich dieses Vogelvieh von mir runter! Hau ab, du verdammtes Biest!"

„Zack!", flüsterte Sebastian. In der Dunkelheit umklammerte er Selinas Hand.

Mit einem Mal ging ein Ruck durch den Wagen und er rumpelte vorwärts.

Wenig später hielt er schon wieder an. Selina und Sebastian, die kaum zu atmen wagten, verhielten sich mucksmäuschenstill.

Nach einer Weile flüsterte Sebastian: „Ich werde mal einen Blick riskieren."

„Bitte, sei vorsichtig!", sagte Selina leise.

Er hob eine Ecke der Plane an und schaute hinaus. „Wir sind tatsächlich im Palast und die Tore sind geschlossen", sagte er. „Der Kutscher ist nirgends zu sehen. Lass uns besser verschwinden, bevor er zurückkommt, um seine Ware abzuladen."

Vorsichtig kletterten sie vom Wagen. Sebastian half Selina, als sie hinuntersprang. Sie war froh, die stinkenden Kohlköpfe hinter sich zu lassen.

Sie befanden sich im Schlosshof, der von hohen Mauern und Gebäuden umgeben war.

„Wir müssen die Ställe finden", sagte Sebastian mit gedämpfter Stimme. „Bestimmt halten sie Peregrins Mutter dort gefangen."

„Das da drüben könnten die Stallungen sein." Selina zeigte auf die gegenüberliegende Seite des Hofs. „Schau, dort stehen Pferde."

„Ja, aber bestimmt sind hier lauter Wachsoldaten der Königin in der Nähe", erwiderte Sebastian. „Wir sollten deshalb nicht quer über den Hof gehen."

Mit äußerster Vorsicht schlichen sie am Rand des verlassen daliegenden Schlosshofs entlang und hielten sich stets im Schatten der hohen Gebäude.

Dabei kamen sie an einem großen, hell erleuchteten Raum vorbei. Voller Angst, entdeckt zu werden, flitzten sie tief gebückt weiter. Aus dem Raum drangen Stimmen, Gelächter und das Klirren von Tellern und Krügen.

„Wahrscheinlich haben sie dem Fahrer etwas zu essen gegeben“, flüsterte Selina.

„Mit ein bisschen Glück wird uns niemand bemerken“, sagte Sebastian leise. Er nahm Selinas Hand und fügte hinzu: „Komm, auf zum Endspurt! Gleich sind wir bei den Ställen.“

Mit gesenktem Kopf rannten sie los. Auf den glatten Pflastersteinen des Hofs rutschten sie immer wieder aus. Sie atmeten daher erleichtert auf, als sie endlich das lang gezogene, niedrige Stallgebäude erreichten und durch die Türöffnung schlüpfen konnten.

Die Pferde in den Boxen hatten strahlend weißes Fell. Zwei von ihnen wieherten leise, als sich die Freunde näherten.

Sebastian blieb stehen und sah sich um. Ein starker Pferdegeruch lag in der Luft, es roch aber auch nach frischem Heu und Leder. „Wo ist sie?“, murmelte er. „Wo ist Pamina?“

Einige Pferde begannen unruhig zu werden. Sie scharrten mit den Hufen und gaben leise, ängstliche Laute von sich.

„Pamina?“, rief Sebastian im Flüsterton. Zunächst blieb alles still, doch dann ertönte vom anderen Ende des Stallgebäudes ein halblautes Wiehern.

„Ich glaube, sie ist da hinten“, flüsterte Selina.

„Komm.“ Sebastian führte sie an Dutzenden von Boxen vorbei, bis sie zu einer kamen, die ein Stück von den anderen entfernt stand und zusätzlich mit dicken Stangen gesichert war. Dort entdeckten sie das wunderschöne Einhorn. Stolz und würdevoll blickte es durch die Gitterstäbe.

„Pamina“, rief Sebastian, „wir sind gekommen, um dich zu retten!“ Er streckte die Hand aus und streichelte ihr Gesicht. „Ich bin Sebastian“, fuhr er fort. „Und das ist meine Freundin Selina. Zack, der Rabe, ist draußen vor dem Palast … und Peregrin ist bei ihm.“

„Peregrin! Er ist bei euch?“ Paminas Augen strahlten vor Freude und Hoffnung.

„Wegen Peregrin sind wir hier“, berichtete Sebastian. „Er hat sich nämlich gewünscht, zu dir zurückgebracht zu werden. Deshalb hat der Herr der Wünsche uns beauftragt, dich zu finden. Und meine Aufgabe ist es jetzt, dich zu befreien.“

„Sebastian.“ Er blickte hinunter, als Selina ungeduldig an seinem Ärmel zupfte.

„Was ist denn?“, fragte er. Sebastian klang leicht genervt.

„An der Tür der Box ist ein Schloss.“

Bestürzt starrten Selina und Sebastian auf das große Vorhängeschloss, das die Tür sicherte.

„Du wirst den Schlüssel brauchen“, sagte Pamina.

„Und wo ist der?“ Sebastian ließ seinen Blick über die Halfter und Sättel wandern, die an den Wänden hingen.

„Sie hat ihn.“ Pamina wimmerte. „Die Eiskönigin trägt ihn an einer Kette um den Hals.“

„Dann müssen wir ihn eben holen“, sagte Sebastian.

„Sie wird ihn bestimmt nicht so einfach hergeben." Pamina verdrehte die Augen.

„Das wollen wir erst mal sehen", sagte Sebastian gelassen. „Wo finden wir die Eiskönigin?"

„Sie ist wahrscheinlich im Thronsaal", antwortete Pamina. „Aber du musst vorsichtig sein, Sebastian. Sonst nimmt sie euch beide gefangen und macht euch zu ihren Dienern."

„Pah!" Sebastian richtete sich auf und verschränkte die Arme vor der Brust. „Das soll sie ruhig mal versuchen!"

„Lass es nicht darauf ankommen, Sebastian!", sagte Pamina warnend. „Die Eiskönigin ist eine sehr böse Frau. Sie hat junge Menschen aus den umliegenden Dörfern entführt und zu ihren Dienern gemacht. Wer einmal in ihre Fänge gerät, hat keine Chance, ihr jemals zu entkommen."

„Das wollen wir erst mal sehen", wiederholte Sebastian mit Nachdruck.

Selina starrte ihn fassungslos an. Nach allem, was sie über die Eiskönigin gehört hatte, schlotterten ihre Knie. „Weißt du, wo dieser Thronsaal ist?", fragte sie zitternd.

„Ja, ich habe die Stallburschen belauscht, wenn

sie sich unterhielten. Er liegt am Ende der großen Treppe, am höchsten Punkt des Palastes", antwortete Pamina. Die Pferde im Stall begannen, nervös zu wiehern und mit den Hufen über den Boden zu scharren. „Aber seid bitte sehr vorsichtig. Versprochen?"

„Natürlich werden wir vorsichtig sein", sagte Sebastian leichthin. „Die böse Eiskönigin wird es nicht schaffen, uns Angst einzujagen. Nicht wahr, Selina?"

Selina schluckte. Sie konnte ihm nicht antworten, weil ihre Zähne klapperten. Sebastian erwartete wohl auch keine Antwort, denn er eilte mit großen Schritten durch die Stallgasse und trat dann hinaus auf den Schlosshof. Selina schenkte Pamina ein Lächeln, bevor sie ihm hastig folgte.

Flucht aus dem Palast

Glücklicherweise lag der Schlosshof immer noch verlassen da. So konnten sie durch eine schmale Tür in einem runden Turm ungesehen das Hauptgebäude betreten. Vor ihnen lag eine steile Treppe, die sich spiralförmig aufwärtswand.

Der Aufstieg schien eine Ewigkeit zu dauern. Es ging immer höher und höher. Selinas Beine schmerzten und sie hatte das Gefühl, keine Luft mehr zu bekommen.

Schließlich erreichten sie einen Korridor, der endlos lang zu sein schien. Die wenigen Lampen, die in größeren Abständen an den hohen Eiswänden befestigt waren, erleuchteten den Gang nur schwach.

„Komm“, sagte Sebastian. „Wir müssen weiter. Uns bleibt keine andere Wahl.“

Sie schlichen den Korridor entlang. In dem dämmrigen Gang herrschte eine unheimliche Stille. Selina kam es seltsam vor, dass hier alles aus Eis war. Sie wünschte sich von ganzem Herzen, möglichst schnell den Schlüssel zu Paminas Box zu bekommen, sie zu befreien und von diesem furchtbaren Ort zu verschwinden. Aber sie wusste nicht, wie sie das anstellen sollten, und hoffte, dass Sebastian einen Plan hatte.

Als sie aufblickte, war endlich das Ende des langen Korridors in Sicht. Hoffnungsvoll bogen sie um die Ecke, doch zu Selinas Bestürzung lag jetzt der nächste Gang vor ihnen. Er sah so aus wie der, den sie gerade verlassen hatten. Und er war mindestens genauso lang.

„Oh, Sebastian“, flüsterte sie. „Was sollen wir denn jetzt tun?“

„Weitergehen“, erwiderte er. Er wirkte nicht mehr ganz so selbstsicher wie im Stall, obwohl seine Miene nach wie vor entschlossen war. „Früher oder später müssen wir ja schließlich irgendwo ankommen.“

Es war später, sehr viel später, als Sebastian und Selina endlich Geräusche vernahmen. Sie hatten das Gefühl, kilometerweit gelaufen zu sein. Beide stürmten los, bogen um die nächste Ecke und blieben wie angewurzelt stehen, als sie merkten, dass sie eine ziemlich breite Galerie erreicht hatten.

Tief gebückt schlichen sie vorwärts. Sie versteckten sich hinter einem der dicken Pfeiler aus Eis, die die Galerie stützen, und blickten auf den Raum unter ihnen.

„Das ist der Thronsaal“, sagte Selina atemlos.

„Und da ist die Eiskönigin“, flüsterte Sebastian.

Sie saß in all ihrer Pracht auf einem Thron aus türkisfarbenem Eis. Ihr paillettenbesetztes Kleid aus weißem Satin war mit dem Fell eines Schneefuchses gesäumt und die Strahlen ihrer sonnenförmigen Krone bestanden aus rasiermesserscharfen Eiszapfen. Ihren Hals schmückten Ketten, die aus Tausenden von Schneeflocken bestanden, und an ihren Ohren baumelten schön geformte Scherben aus Eis. Die Ringe, die sie an jedem Finger trug, waren mit Eissplittern besetzt. Sie glitzerten wie Diamanten, wenn das Licht sich in ihnen brach.

„Schau mal!“, flüsterte Selina. „Da ist der Schlüssel! An einer der Schneeflockenketten!“

„Ja.“ Sebastian nickte. „Die Frage ist nur, wie wir an ihn herankommen sollen.“

„Willst du unseren zweiten Zauberspruch benutzen?“, wollte Selina wissen.

Sebastian schüttelte den Kopf. „Noch nicht“, sagte er entschlossen. „Ich habe das Gefühl, dass wir ihn für etwas anderes brauchen werden.“

Selina wandte sich leicht von ihm ab und blickte wieder nach unten. Die Eiskönigin ließ sich gerade von jungen Mädchen in weißen Kleidern und Jünglingen mit silbernen Umhängen bedienen, die ihr jeden Wunsch von den Augen ablasen. Einer brachte eine Schale mit exotischen Früchten, bevor ein anderer auserlesene Delikatessen servierte. Dann wurde ihr eine blass schimmernde Flüssigkeit in einem durchsichtigen Kelch gereicht. Junge Leute spielten auf ungewöhnlich geformten Instrumenten, während andere zur Zerstreuung ihrer furchtbaren Herrin tanzten.

„Sind die auch aus Eis?“, flüsterte Selina Sebastian zu, während sie hinter dem Pfeiler hervorspähte.

Sebastian schüttelte den Kopf. „Nein, nur ihre Armee ist aus Eis.“

„Und wer sind all diese Leute?“ Selina blickte in den kahlen Saal hinunter.

„Ihre Diener“, antwortete Sebastian. „Pamina hat uns doch erzählt, dass sie von den Soldaten der Eiskönigin entführt wurden.“

„Menschen, die im verzauberten Wald verschwanden und nie wieder gesehen wurden“, sagte Selina mit Tränen in den Augen.

Sebastian nickte mit finsterem Gesicht. „Ja“, sagte er. „Mach jetzt bloß keinen Fehler. Wenn uns jemand entdeckt, wird uns ein ähnliches Unglück erwarten.“

Wieder lief Selina ein Schauer über den Rücken, doch diesmal vor Angst.

Ein Schrei aus dem Saal ließ sie zusammenzucken. Die Eiskönigin hatte sich erhoben und zeigte mit einem langen, krallenartigen Finger auf einen besonders jungen Diener mit schwarzen Locken.

„Auweia!“, flüsterte Selina. „Sieht aus, als würde er ganz schön in der Patsche sitzen. Was hat er wohl angestellt?“

„Was es auch ist, ich möchte jedenfalls nicht in seiner Haut stecken“, murmelte Sebastian.

Während sie atemlos nach unten starrten, kreischte die Eiskönigin los.

„Bringt ihn zu mir!“, rief sie. „Sofort!“

Die Musik verstummte und die Tänzer hielten mitten in der Bewegung inne. Alle Diener blickten angstvoll zum Thron.

Der arme, unglückliche Junge wurde von zwei Eissoldaten gepackt und zu der Königin geschleppt.

„Wie kannst du es wagen, mir Granatäpfel zu servieren?“, kreischte sie, als die Soldaten ihn vor ihr auf die Knie zwangen. „Du weißt doch, dass ich keine Granatäpfel esse. Elender Kerl, ich hätte daran ersticken können!“

„Es … es tut mir leid, Eure Majestät“, stotterte der Junge.

„Ruhe!“, schrie die Eiskönigin. „Habe ich dir die Erlaubnis erteilt zu sprechen?“ Sie wandte sich an einige ihrer Diener, die sich ängstlich aneinandergedrängt hatten. „Habe ich ihm erlaubt, das Wort zu ergreifen?“, fragte sie herrisch. „Ihr dürft jetzt antworten.“

„Nein, Eure Majestät“, erwiderten die Diener im Chor.

„Wenn das so ist, muss ich ihm wohl eine Lektion erteilen.“

Mit Entsetzen verfolgte Selina, wie der Junge versuchte, sich aus dem Griff der Soldaten zu winden.

„Bringt ihn weg!“, brüllte die Eiskönigin und ihre Stimme überschlug sich. „Legt ihn in Ketten! Er soll zwei Tage im finsteren Kerker verbringen und keinen Kohl bekommen. Hungern wird er. Dann werde ich ihn besuchen, um mich persönlich davon zu überzeugen, ob er inzwischen gelernt hat, seiner Königin den nötigen Respekt entgegenzubringen.“

Ein Knallen der Peitsche unterstrich ihre Worte. Sie bedeutete den Soldaten mit einer arroganten Geste, den Jungen abzuführen.

Das war zu viel für Selina. Empört sprang sie auf und beugte sich über die Brüstung der Galerie. „Lasst ihn los!“, rief sie.

„Selina!“ Sebastian schnappte vor Schreck nach Luft und umklammerte ihren Arm. „Selina, sei still!“

Aber es war bereits zu spät. Jeder im Thronsaal hatte sich schon in ihre Richtung gedreht. Aller Augen waren neugierig auf sie gerichtet, insbesondere die der fiesen Eiskönigin, die sich zu ihrer vollen Größe aufgerichtet hatte. Eine Hand in die Hüfte gestützt, zeigte sie mit ihrer Peitsche auf Selina.

„Wer ist denn das?“ Die Stimme der Eiskönigin klang jetzt sogar noch schriller.

Ohne Sebastians Versuche, sie zum Schweigen zu bringen, zu beachten, starrte Selina herausfordernd nach unten. „Mein Name ist Selina“, sagte sie mit Nachdruck. „Selina Oliver.“

„Und weißt du auch, wer ich bin?“, donnerte die Königin.

„Ja“, erwiderte Selina ruhig. „Ich weiß, wer Ihr seid: eine grausame, selbstsüchtige und böse Schreckschraube.“

Ein Raunen ging durch den Thronsaal, während Sebastian neben ihr entsetzt die Hände vors Gesicht schlug.

„Sie sind zu zweit!“, bemerkte die Königin. „Ergreift sie. Bringt sie in den Kerker! Wie können sie es wagen …? Wenn ich mit ihnen fertig bin, werden sie sich wünschen, sie wären nie geboren worden.“

„Komm, Selina!“ Sebastian zerrte sie von der Brüstung weg. „Schnell, wir müssen schleunigst verschwinden.“

„Aber … der Junge!“, protestierte sie. „Wir sollten etwas für ihn tun.“

„Wenn wir von den Soldaten der Königin gefangen werden, können wir ihm bestimmt nicht mehr helfen. Jetzt komm endlich!“

Widerstrebend ließ sie sich von Sebastian in den Korridor ziehen. Dort war es immer noch kalt und unheimlich still. Doch als sie losrannten, hörten sie Rufe und Geschrei und das ferne Donnern schwerer Stiefel. Die Eissoldaten hatten also bereits die Verfolgung aufgenommen und kamen näher.

„Hier entlang“, sagte Sebastian. „Früher oder

später müssen wir zu einer Treppe kommen.“ Er nahm Selina an die Hand und panisch hasteten sie weiter.

Als sie endlich auf einen Treppenabgang stießen, wären sie beinahe daran vorbeigelaufen, weil er sich in einer dunklen Ecke befand. Selina sah ihn aus den Augenwinkeln, blieb abrupt stehen und zerrte Sebastian zurück.

„Sieh doch nur!“ Sie zeigte auf die Stufen. „Hier geht's runter.“

„Gut gemacht“, sagte Sebastian und lächelte. Selina spürte, wie ihr wieder etwas wärmer wurde.

Sie stürmten die Treppe hinunter, die sich spiralförmig abwärtswand und furchtbar steil war.

Als sie unten angekommen waren, fanden sie sich in einem Labyrinth von Gängen wieder. Sie rannten weiter, entdeckten zu ihrem Entsetzen jedoch wenig später eine Soldatengruppe am Ende des Korridors.

Selina und Sebastian drehten sich hastig um und flohen in die andere Richtung, aber die Soldaten hatten sie bereits gesehen und näherten sich grölend.

„Los, Selina, lauf!“, rief Sebastian.

Als sie um die nächste Ecke bogen, erblickten sie eine zweite Soldatengruppe, die zweifellos von den Rufen und Schreien ihrer Kameraden alarmiert worden war.

„Oh nein!“, jammerte Selina. „Und jetzt?“

„Wir sitzen in der Falle!“, stieß Sebastian grimmig hervor. „Nun wissen alle, wo wir sind.“

Während die Soldaten von beiden Seiten auf sie zueilten, hob er die Hand. Das Licht der Lampe über ihren Köpfen fing sich in seinem Smaragdring. Sebastian holte tief Luft.

„Oh“, hauchte Selina. „Der Zauberspruch. Kennst du noch den genauen Wortlaut?“, fügte sie besorgt hinzu.

„Ich hoffe es“, murmelte Sebastian. „Aber wir können uns nicht erlauben, einen Fehler zu machen. Wollen wir ihn gemeinsam aufsagen, um ganz sicherzugehen?“

„Na klar!“ Selina nickte eifrig.

Zusammen sagten sie den Zauberspruch auf:

„Zilleria von Zissibong,
wo all die Zauberbäume blühn.
Zonda, Zoska, Zappazong,
erschein in einer Flamm' von Grün.“

Als der Smaragd wie ein Blitz aufleuchtete, sagte Sebastian mit ruhiger, klarer Stimme: „Warmer Wind des Südens, hilf uns bei unserer Flucht aus dem Eispalast."

Für ein paar Sekunden standen Selina und Sebastian wie gelähmt da und wagten kaum zu atmen, während die Soldaten ihnen gefährlich nahe kamen.

Selina bemerkte es zuerst. „Es wird wärmer", flüsterte sie. „Spürst du es auch, Sebastian? Es fühlt sich an wie ein warmer Lufthauch."

Er hob den Kopf und schloss für ein paar Sekunden die Augen.

„Was ist das?", fragte Selina verwundert.

„Das ist genau das, was ich herbeizaubern wollte", erwiderte Sebastian. Auf seinem Gesicht breitete sich langsam ein Lächeln aus. „Der warme Wind aus dem Süden."

„Sieh doch mal!" Selina schnappte hörbar nach Luft. „Die Männer aus Eis fallen wie Dominosteine zu Boden!"

Die Soldaten der beiden Gruppen, die eben noch auf sie zugestürmt waren, lagen jetzt hilflos zappelnd auf dem Boden.

„Was ist das für ein Geräusch?“ Selinas Augen weiteten sich.

„Das sind Wassertropfen, die von der Decke fallen“, antwortete Sebastian. „Alles fängt an zu schmelzen. Schnell!“, drängte er. „Das ist unsere einzige Chance, hier wegzukommen. Die sollten wir nicht verstreichen lassen.“

Sie rannten los und kamen dabei an jammernden Eissoldaten vorbei, um die sich bereits Pfützen gebildet hatten.

Als Selina und Sebastian schließlich den Hof erreichten, befand sich der ganze Palast in Aufruhr. Die Diener liefen wild durcheinander und unter den schmelzenden Wachen herrschte Chaos.

Über all dem waren die grauenerregenden Schreie der Eiskönigin zu hören, die auf den Zinnen des höchsten Turms stand. Sie boxte mit der Faust in die Luft und drohte mit Rache, während ihre Gefolgsleute sich auflösten und die Dienerschaft floh.

„Wie könnt ihr es wagen!“, kreischte sie auf dem schmelzenden Turm. „Kommt gefälligst zurück! Ihr undankbaren Kreaturen! Erbärmliche

Feiglinge! Bleibt sofort stehen, sonst wird es euch noch leidtun. Ich werde euch alle mit einem Fluch belegen! Ich lasse das Mark in euren klapprigen Knochen gefrieren! Kommt zurück, habe ich gesagt!"

„Wir müssen Pamina holen", rief Sebastian mit einem Blick zur tobenden Eiskönigin. Inzwischen schmolz bereits die Krone und das Wasser tropfte ihr übers Gesicht. Ihre langen Haare hingen in nassen Strähnen herab. Die Königin sah nun wahrlich nicht mehr schön und majestätisch aus.

Hand in Hand rannten sie über den gepflasterten Hof, der wegen des Schmelzwassers jetzt noch rutschiger war.

„Aber wir haben den Schlüssel doch gar nicht", rief Selina.

„Wahrscheinlich werden wir ihn nicht mehr brauchen", erwiderte Sebastian.

Als sie die Ställe betraten und zu Pamina stürmten, stellten sie fest, dass die Wände ihrer Box und die Ketten bereits angefangen hatten zu schmelzen. Das Einhorn donnerte mit seinen kräftigen Beinen von innen gegen die Tür. Die gab schließlich nach und Pamina trabte mit einem triumphierenden Wiehern zu ihnen hinaus.

„Das hast du sehr gut gemacht, Pamina!“, rief Selina freudestrahlend.

„Lasst uns schleunigst aus dem Palast verschwinden“, rief Sebastian ungeduldig. „In der Nähe der Eiskönigin sind wir nicht sicher.“

Sie stürmten aus dem Stall, begleitet von den Pferden, die Paminas Leidensgenossen gewesen waren. Sie konnten es gar nicht erwarten, endlich in die Freiheit zu galoppieren, nachdem Pamina ihnen gesagt hatte, dass ihre Gefangenschaft nun vorbei sei.

Das Durcheinander auf dem Schlosshof war so groß, dass niemand auf die kleine Gruppe achtete, die durch ein Seitentor verschwand. Die drei eilten zu dem Felshaufen, hinter dem Zack und Peregrin auf sie warteten.

„Das wurde aber auch Zeit“, krächzte Zack und schlug mit den Flügeln. „Ich dachte schon, ich müsste kommen und euch ein bisschen unter die Arme greifen.“

„Das war überhaupt nicht nötig, Zack“, entgegnete Sebastian leicht überheblich.

„Stimmt“, sagte Selina. „Sebastian hat es geschafft. Er war wunderbar.“

„Oh weh!“, krächzte Zack. „Ich glaube, das werden wir in der nächsten Zeit noch öfter zu hören kriegen.“

Das Wiedersehen zwischen Pamina und Peregrin war rührend. Während die beiden sich eng aneinanderschmiegten, kamen Selina beinahe die Tränen. Doch Sebastian drängte zur Eile. Er warf sich seinen Umhang um und sagte: „Wir müssen so schnell wie möglich weg vom Palast. Niemand weiß, wie lange der warme Wind anhält und auch nicht, welche Gemeinheiten sich die Eiskönigin einfallen lässt, wenn sie sich von ihrem Schock ein wenig erholt hat.“

Er wandte sich an Pamina. „Unsere Aufgabe ist erst beendet, wenn wir euch beide sicher bei eurer Herde abgeliefert haben. Weißt du, wo die anderen sein könnten?“

Pamina warf den Kopf zurück. „Eigentlich wollten wir ins Land des Regenbogens“, antwortete sie, „doch dieser Plan wurde nach dem Angriff bestimmt verworfen. Ich glaube nicht, dass die Herde allzu weit entfernt ist. Die Einhörner hoffen sicher, dass wir so schnell wie möglich wieder zu ihnen zurückfinden."

„Ich weiß, wo sie sind", sagte Zack selbstgefällig. „Sie sind zu den Ausläufern der Wolkenberge gezogen. Die sind nur einen halben Tagesritt von hier entfernt."

„Woher weißt du das denn?", fragte Selina voller Bewunderung.

Zack zuckte mit den schwarzen Flügeln. „So was weiß ich eben", sagte er und plusterte sich ein wenig auf.

„Eine Möwe hat's ihm erzählt, als wir hier auf euch gewartet haben", plapperte Peregrin los und Zack verzog verärgert das Rabengesicht.

Sebastian lachte lautstark. „Wenn du dich so gut auskennst, kannst du uns ja auch hinführen, Zack."

„Steigt auf meinen Rücken", forderte Pamina Selina und Sebastian auf. „Na, kommt schon, ihr beiden."

Kurz darauf flohen sie aus dem Land des Frosts. Selina saß in den warmen Umhang gekuschelt auf Paminas Rücken und Sebastian hatte seine Arme um sie gelegt. Peregrin galoppierte hinter ihnen her, während Zack voranflog, um sie zur Einhornherde am Fuß der Wolkenberge zu führen.

Ein Wunsch geht in Erfüllung

Sie ritten die ganze Nacht hindurch und fanden die Herde bei Tagesanbruch. Perlmuttfarben schimmerndes Licht überflutete die Berge und ließ das Fell der Einhörner aufleuchten, die friedlich auf den saftigen grünen Wiesen grasten.

Als die Freunde sich durch den leichten Morgennebel näherten, hob eins der Einhörner seinen Kopf und sah zu ihnen hinüber. Mit einem freudigen Wiehern löste es sich vom Rest der Herde und eilte auf sie zu.

Pamina wechselte vom Trab in den Schritt. Selina und Sebastian spürten, wie sie vor Freude zu tänzeln begann. „Cornelius“, stieß sie hervor, als er vor ihr zum Stehen kam.

Gerührt beobachteten Selina, Zack und Sebastian, wie glücklich die Herde über die Rückkehr von Peregrin und Pamina war. Wenig später mussten die Freunde ausführlich von ihrem Abenteuer berichten. Dann ruhten sie sich ein wenig aus und nahmen eine Mahlzeit aus Früchten, Nüssen und Beeren zu sich.

Kurz darauf kam Zack zu Selina und Sebastian geflogen, die nebeneinander unter den Zweigen eines Ahornbaums saßen.

„Cornelius wird uns zu Zenobius zurückbringen“, verkündete er. „Er sagte, das sei das Mindeste, was er für uns tun könne, um uns seine Dankbarkeit zu zeigen.“

Es fiel ihnen schwer, sich von Peregrin und Pamina zu verabschieden, aber Zenobius wartete sicher schon ungeduldig auf sie. Das kleine Einhorn begann zu weinen, als Selina es zum Abschied auf die Stirn küsste.

„Ich werde dich nie vergessen“, schluchzte Peregrin. „Wirst du eines Tages zurückkommen und mich besuchen?“

„Das hoffe ich“, sagte Selina. „Das hoffe ich sogar sehr.“

Vor den Augen der Herde kletterten Selina und Sebastian auf Cornelius' Rücken. Die beiden winkten Peregrin und Pamina zu, bis sie sie nicht mehr sehen konnten.

Zack flog eifrig voraus. Als sie den verzauberten Wald erreichten, ging die Sonne langsam unter. Sie hing wie ein riesiger Feuerball am Himmel. Auf dem Rücken von Cornelius wirkte der Wald für Selina auf einmal gar nicht mehr so bedrohlich.

„Seht doch!“, rief Selina, die die Hütte des Holzfällers als Erste entdeckte.

Als Cornelius schlitternd und wiehernd zum Halten kam, wurde die Tür aufgerissen und der alte Mann eilte zusammen mit seiner Frau hinaus und zu den Freunden.

Selina beugte sich zu Sebastian und flüsterte ihm zu: „Siehst du, der Zauber hat gewirkt. Sie sieht wieder ganz gesund aus. Du hast den Fluch der Eiskönigin aufgehoben.“

Sebastian sagte nichts dazu, aber er drückte Selina fester an sich, als er sich ein wenig nach unten beugte, um mit dem Holzfäller zu sprechen.

„Ihr habt die Herde also gefunden“, sagte der alte Mann.

„Ja“, erwiderte Sebastian, „das haben wir. Peregrin ist jetzt bei seiner Mutter. Dies hier ist sein Vater, Cornelius. Er bringt uns nach Hause. Wir freuen uns, dass es Ihrer Frau offenbar wieder gut geht.“

Der alte Mann strahlte übers ganze Gesicht. „Es ist erstaunlich. Kurz nachdem ihr aufgebrochen seid, ging es ihr besser.“

„Das ist wirklich sehr erstaunlich“, murmelte Sebastian.

„Aber es sind auch noch andere ungewöhnliche Dinge geschehen“, fuhr der Holzfäller fort. „Viele Menschen in den Dörfern ringsum haben im Laufe der Zeit ihre Söhne und Töchter verloren. Die jungen Leute sind gestern wie aus heiterem Himmel alle wieder aufgetaucht. Jetzt wissen wir auch, warum sie verschwunden waren: Sie wurden von den Eissoldaten entführt und von der bösen Königin gefangen gehalten …“

„Haben sie erzählt, wie sie sich befreien konnten?“, krächzte Zack, der sich zwischen Cornelius' Ohren niedergelassen hatte und den Holzfäller und seine Frau mit schief gelegtem Kopf betrachtete.

„Ja“, antwortete die Frau des Holzfällers. „Merkwürdigerweise sind der Eispalast und die Soldaten auf einmal geschmolzen, sodass die jungen Leute entkommen konnten.“

„Na, so was!“, krächzte Zack. „Was Sie nicht sagen.“

„Und die Eiskönigin?“, fragte Sebastian. „Was ist mit ihr passiert?“

„Das weiß offenbar niemand“, sagte der Holzfäller. „Als sie in einem Ruderboot aus dem schmelzenden Palast zu fliehen versuchte, wurde sie zum letzten Mal gesehen. Aber es bleibt ein Rätsel, wohin sie verschwunden ist. Sie hat wohl irgendetwas von Rache gekreischt und dass sie zurückkommen würde. Aber ohne ihre Soldaten besitzt sie nicht viel Macht. Für uns stellt sie jedenfalls keine Bedrohung mehr dar.“

„Die Dorfbewohner feiern die Rückkehr ihrer Kinder heute mit einem großen Fest“, sagte die Frau des Holzfällers. „Wollt ihr nicht auch mitkommen?“ Sie blickte erwartungsvoll von Selina zu Sebastian und dann zu Zack.

„Das würden wir liebend gerne“, antwortete Sebastian für sich und seine Freunde. „Aber wir müssen zurück zum Schloss. Wir werden dort bestimmt schon erwartet und außerdem bin ich mir sicher, dass Cornelius Sehnsucht nach Pamina und Peregrin hat.“

Nachdem sie sich von dem Holzfäller und seiner Frau verabschiedet hatten, galoppierte Cornelius weiter. Innerhalb kürzester Zeit erreichten sie das königliche Schloss.

Zenobius schien geahnt zu haben, dass sie heute noch zurückkommen würden, denn er wartete bereits auf den Stufen des Ostturms auf sie. Tirza, die winzige Haushälterin, stand mit besorgtem Gesicht hinter ihm.

„Der Herr der Wünsche wirkt ja furchtbar ungeduldig“, flüsterte Selina Sebastian zu, als er ihr beim Absteigen half.

„Er wird schon auf Sebastians Bericht warten“, warf Zack gerade so laut ein, dass Selina es hören konnte. „Bestimmt will er ganz genau wissen, was wir erlebt haben und wie Sebastian die Zaubersprüche eingesetzt hat. Wir haben ja wirklich viel zu erzählen.“

„Das Essen steht bereits auf dem Herd“, sagte Tirza mit ihrer hohen, glockenhellen Stimme. „Also beeilt euch, bevor es verkocht.“ Sie drehte sich auf dem Absatz um und wieselte in den Turm zurück.

Selina und Sebastian mussten sich jetzt noch von Cornelius verabschieden, der mit den Hufen scharrte und es offenbar kaum erwarten konnte, wieder aufzubrechen.

„Bevor du dich auf den Rückweg machst, solltest du uns zu den königlichen Stallungen begleiten“, sagte Sebastian. „Dort bekommst du Stroh und frisches Wasser.“

„Danke, dass du uns nach Hause gebracht hast, Cornelius“, sagte Selina, während sie neben ihm hergingen.

„Ich danke euch, dass ihr mir meine Familie zurückgegeben habt“, entgegnete Cornelius. „Und vergesst nicht, wenn wir Einhörner euch jemals irgendwie helfen können, müsst ihr es uns nur sagen.“

Sie sahen zu, wie er genüsslich eine Menge Stroh fraß und einen ganzen Eimer Wasser trank. Dann galoppierte er anmutig davon.

Seufzend wandte Selina sich ab, um mit Sebastian zum Ostturm zurückzugehen. Doch dann blieb sie wie angewurzelt stehen. Sie wollte ihren Augen nicht trauen.

Prinzessin Clarissa kam gerade aus einer der Pferdeboxen. Aber sie sah ganz anders aus als bei ihrer letzten Begegnung. Diese Prinzessin trug keine feinen seidenen Kleider, sondern eine verschmutze Reithose, ein kariertes Hemd und dreckige Gummistiefel. Ihr weizenfarbenes Haar, das sie nachlässig zu einem Pferdeschwanz gebunden hatte, war voller Stroh. In der einen Hand hielt sie eine Mistgabel, in der anderen trug sie einen Eimer.

Als sie Selina und Sebastian entdeckte, verzog sie beschämt das Gesicht. Sie drehte sich auf dem Absatz um, stürmte zurück in die Box und knallte die Tür hinter sich zu.

„Was sollte das denn jetzt?“, fragte Sebastian.

„Das war doch die Prinzessin, oder?“, fragte Selina ungläubig.

„Ohne Zweifel“, erwiderte Sebastian. „Aber was zum Teufel macht sie da?“

Gemeinsam eilten sie weiter zum Ostturm.

Dort verriet Zenobius ihnen den Grund für das seltsame Verhalten der Prinzessin.

„Sie hat richtig Ärger bekommen, als ihr Vater zurückkam“, sagte er. „Der König war sehr wütend, als er erfuhr, dass sie ein Einhornfohlen in Gefangenschaft gehalten hat. Und dieses Mal hat er ihr Benehmen nicht durchgehen lassen.“ Zenobius gluckste vergnügt. „Und ich muss sagen, die Strafe ist gut gewählt. Sie muss einen Monat lang die Ställe ausmisten.“

„Das geschieht ihr recht“, krächzte Zack, der auf einer Stange saß. „Die Göre hat doch glatt damit gedroht, aus mir eine Vogelscheuche zu machen.“

Das Essen, das Tirza zubereitet hatte, war das reinste Festmahl, doch außer Zack hatte keiner großen Appetit. Selina war zu müde zum Essen und Sebastian überlegte schon, was er dem Herrn der Wünsche gleich berichten würde. Auch Zenobius und Tirza aßen nur wenig.

Zack war also der Einzige, der das Essen richtig zu würdigen wusste. Mit dem Schnabel zerrte er genüsslich an den Delikatessen herum und schlang sie gierig hinunter.

Schließlich schob Zenobius seinen Teller zur Seite und lehnte sich in seinen Stuhl zurück. „Nun denn", sagte er, „erzählt uns von euren Erlebnissen!"

Selina erschrak ein wenig. Sie hatte erwartet, dass Zenobius Sebastian mit hinauf in das Turmzimmer nehmen würde, um ihn unter vier Augen zu befragen. Besorgt warf sie ihrem Freund einen Seitenblick zu und stellte zu ihrer Beruhigung fest, dass er ganz gelassen aussah.

„Womit soll ich beginnen?", fragte er.

„Ich war immer der Meinung, dass der Anfang sich dafür am ehesten eignet", erwiderte Zenobius spöttisch.

„Dann erzähle ich am besten zuerst von unserer Reise durch den verzauberten Wald, den die Einhörner jedes Jahr durchqueren müssen."

Zenobius schwieg, während Sebastian von ihren Abenteuern berichtete. Er ergriff erst das Wort, nachdem Sebastian geendet hatte.

„Du hast dich vorbildlich verhalten", sagte er schließlich. „Und du hast beide Zaubersprüche weise eingesetzt. Den ersten, um einer unglücklichen Frau zu helfen, was sehr lobenswert ist.

Den zweiten, um die bösen Pläne dieser niederträchtigen Eiskönigin zu durchkreuzen. Damit hast du Herz und Einfallsreichtum bewiesen. Doch das Wichtigste ist, dass du den Wunsch des Einhornfohlens erfüllt hast. Lass es mich kurzfassen: Ich bin sehr zufrieden mit dir, Sebastian. Und ich verleihe dir hiermit einen weiteren der Punkte, die du benötigst, um dir deine Goldenen Sporen zu verdienen."

„Vielen Dank, Meister", erwiderte Sebastian. „Aber eins möchte ich gerne noch sagen. Ich glaube, ich hätte es nicht geschafft, wenn Selina nicht dabei gewesen wäre. Mit ihrem guten Gedächtnis, ihrem Mut und ihrer Warmherzigkeit hat sie mir sehr geholfen."

Ein gedämpftes Hüsteln von der Stange an der Wand ließ alle herumfahren.

„Und ohne Zack hätte ich es natürlich auch nicht geschafft", fügte Sebastian hastig hinzu. „Die beiden waren einsame Spitze."

Selina wurde rot. Als sie dem Herrn der Wünsche einen Blick zuwarf, sah sie, dass ein Lächeln über sein Gesicht huschte.

„Lasst uns mit Erdbeersirup darauf anstoßen",

rief Tirza und hüpfte eifrig um den Tisch herum, um die Kelche wieder aufzufüllen. Selina nickte zufrieden, während Sebastian den Smaragdring an Zenobius zurückgab. Der Herr der Wünsche stellte noch eine Menge Fragen über die Zerstörung des Eispalasts.

Schließlich konnte Selina nicht mehr länger gegen ihre Müdigkeit ankämpfen und ihr fielen die Augen zu.

Selina spürte eine sanfte Bewegung und hörte ein leises Plätschern.

Verwundert öffnete sie die Augen.

Sie befand sich auf dem Boden von Sebastians Boot, den Kopf hatte sie in die bunten Kissen gekuschelt und sein Umhang wärmte sie. Als sie den Kopf hob, stellte sie fest, dass das Boot unter den Weiden dahinglitt, die das Flüsschen am Ende ihres Gartens säumten.

Sebastian stand vorne am Bug. Als er hörte, dass Selina sich bewegte, drehte er sich um und sah sie an.

„Du bist wieder zu Hause“, sagte er.

„Oh“, meinte sie nur und die Enttäuschung versetzte ihr einen Stich.

„Vielen Dank für all deine Hilfe“, fügte Sebastian hinzu.

„Du nimmst mir das Wort aus dem Schnabel“, krächzte Zack.

Als Selina den Kopf drehte, entdeckte sie den Raben, der am anderen Ende des Bootes hockte. „Wer weiß, wo wir ohne sie gelandet wären. Bei deinem miserablen Gedächtnis …“

Sebastian sprang ans Ufer. Als Selina aufstand, nahm er ihre rechte Hand und half ihr beim Aussteigen.

„Und wo fährst du jetzt hin?“, fragte sie und spürte dabei einen dicken Kloß im Hals, der von Sekunde zu Sekunde größer zu werden schien.

„Zurück nach Zavania“, antwortete er bedrückt. „Und wahrscheinlich zu Zenobius.“

„Wahrscheinlich? Was soll das denn heißen? Er ist immer noch dein Herr und Meister!“ Zack schnaubte missbilligend.

„Du kehrst also ins Schloss zurück?“, fragte Selina. Zurück zu Prinzessin Clarissa, dachte sie unglücklich.

„Na, na, ihr beiden! Jetzt macht doch nicht so ein Gesicht“, krächzte Zack tröstend. „Das war bestimmt nicht unser letztes gemeinsames Abenteuer.“

„Meinst du?“, fragte Selina hoffnungsvoll.

„Würdest du mich denn gerne irgendwann mal wieder begleiten?“, wollte Sebastian wissen und bekam rote Wangen.

„Oh ja!“ Selina seufzte. „Natürlich!“

„Solltest du jetzt nicht besser reingehen?“, fragte Zack Selina, als Sebastian zurück ins Boot sprang. „Deine Mutter wundert sich bestimmt schon, wo du bleibst.“

Während das Boot langsam den Fluss hinuntertrieb und sie Sebastian und Zack traurig hinterherwinkte, überfiel Selina ein heftiges Schuldgefühl. Seit sie weg gewesen war, hatte sie fast gar nicht an ihre Eltern gedacht. Selina runzelte die Stirn. Wie lange war sie wohl unterwegs gewesen?

Mindestens ein paar Tage! Es kam ihr vor wie eine Ewigkeit.

Ich werde bestimmt furchtbaren Ärger bekommen, dachte Selina mit einem letzten sehnsüchtigen Blick auf die kleinen Wellen, die Sebastians Boot hinterlassen hatte. Seufzend drehte sie sich um und ging mit schnellen Schritten durch den Garten zum Haus.

Doch egal, wie viel Aufregung und Ärger es auch geben würde, ihre Erlebnisse waren es wert gewesen. Und wenn sie die Chance hätte, noch einmal nach Zavania zu reisen, würde sie es ohne Zögern tun.

Selina prallte fast gegen ihre Mutter, die gerade aus der Hintertür trat.

„Oh, da bist du ja", sagte sie.

Sie klang überhaupt nicht sauer, obwohl ihre Tochter so lange verschwunden gewesen war. Eigentlich hörte sie sich ganz normal an, so als hätte Selina nur für eine halbe Stunde im Garten gespielt.

„Ich habe mich schon gefragt, wo du bist", fuhr ihre Mutter fort. „Du warst ja völlig durch den Wind, als du heute aus der Schule kamst. Du musst wegen deiner Zahnspange wirklich nicht traurig sein. Die anderen Kinder werden sich schnell daran gewöhnen und sie nach kurzer Zeit gar nicht mehr bemerken."

Selina starrte ihre Mutter entgeistert an und fragte sich im ersten Moment, wovon sie überhaupt sprach. Bei all den aufregenden Abenteuern hatte sie ihre Zahnspange völlig vergessen. Verwundert tastete sie mit der Zunge nach den Metalldrähten. Tatsächlich, die Spange war immer noch da.

„Komm jetzt besser mal rein und wasch dir die Hände." Ihre Mutter hatte sich schon wieder abgewandt. „Gleich gibt's Kuchen. Schokoladenkuchen mit Mandeln."

Langsam und mit wild klopfendem Herzen folgte Selina ihr ins Haus. Wenn es jetzt wirklich erst Nachmittag war, musste die Zeit stillgestanden haben. Was sollte es sonst für eine Erklärung geben?

Nun ja, welche Erklärung gab es eigentlich für einen sprechenden Raben? Oder für Einhörner? Oder für eine ganze Armee aus Eis?

Bei ihrem nächsten Besuch in Zavania würde sie versuchen, noch mehr über dieses außergewöhnliche Land und seine Bewohner herauszufinden. Selina war sich absolut sicher, dass es ein nächstes Mal geben würde.

Sebastian und Zack würden kommen, um sie zu holen. Es hing nur davon ab, wann sich das nächste Mal jemand in Zavania etwas wirklich Wichtiges wünschte.

Im Reich der Meerjungfrau

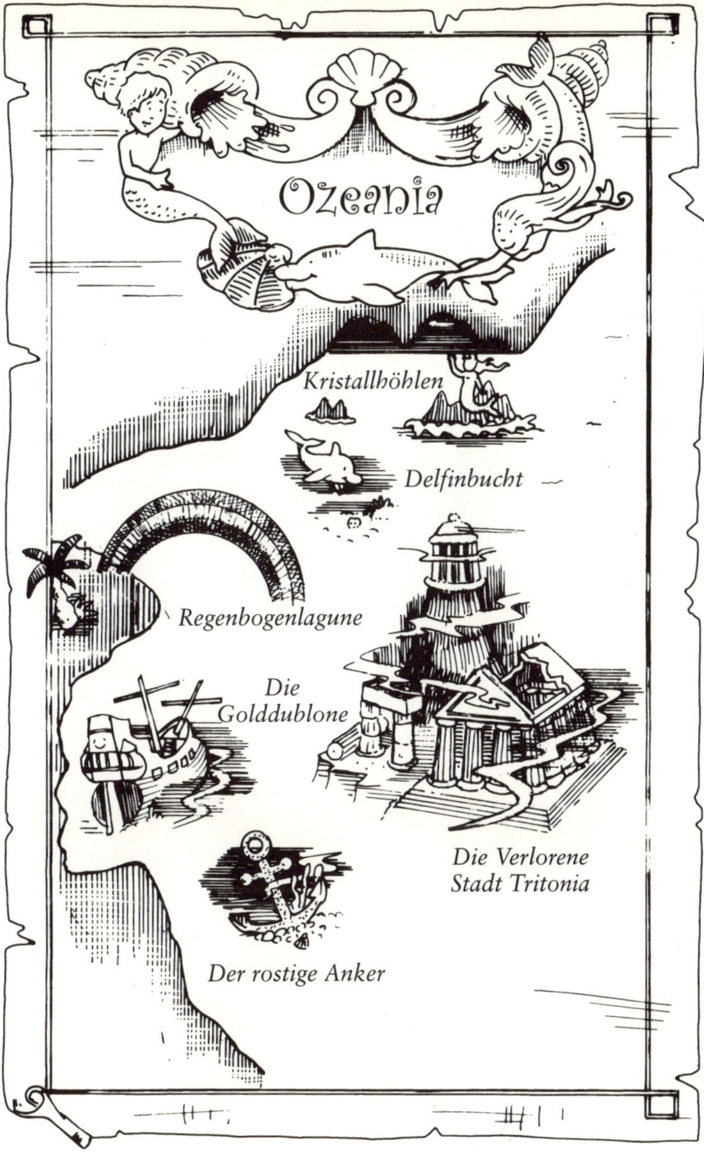
Ozeania
Kristallhöhlen
Delfinbucht
Regenbogenlagune
Die Golddublone
Die Verlorene Stadt Tritonia
Der rostige Anker

Inhalt

In den Kristallhöhlen, die sich in den Klippen am Rande der Delfinbucht befinden, leben ganz besondere Wesen: die Meermenschen von Zavania. Sie haben eine prächtig glitzernde Schwanzflosse und können damit bis zum Meeresboden tauchen. Am liebsten sonnen sie sich auf den Felsen vor den Höhlenöffnungen. Zur Geburt bekommt jedes Meerbaby einen verzauberten Kamm geschenkt, den es unter keinen Umständen verlieren darf …

Die Rückkehr des Raben

„Quatsch, Selina hat keinen Freund! Sie will doch nur, dass wir das denken.“

„Wo soll sie den auch herhaben? Die guckt doch keiner zweimal an!“

Aus den hinteren Reihen der Klasse war unterdrücktes Kichern zu hören. Selina senkte ihren hochroten Kopf. Ihre Freundin Lara, die neben ihr saß, sah sie besorgt an. „Beachte die Zicken einfach nicht“, flüsterte sie ihr hinter vorgehaltener Hand zu.

Selina schüttelte den Kopf. Sie war die Sticheleien einiger Klassenkameraden schon gewohnt. Angefeuert von Jessica, der gemeinen Anführerin des Grüppchens, machten sie sich einen Spaß daraus, sie wegen ihrer roten Haare, den Sommersprossen und der Zahnspange aufzuziehen.

Heute war es schlimmer als sonst, denn an diesem Abend sollte die große Schulparty stattfinden. Bevor ihre Erdkundelehrerin zum Unterricht erschienen war, hatten sie Selina damit gepiesackt, dass sie sowieso nie einen Freund finden würde. Da war ihr der Kragen geplatzt. „Wenn ihr es unbedingt wissen wollt“, hatte sie die Quälgeister angefahren, „ich habe schon längst einen Freund!“

Nachdem die Stunde vorbei war und die Lehrerin die Klasse verlassen hatte, drängten sich alle neugierig um Selinas Pult. Genau das hatte sie befürchtet.

„Und? Wer ist der Glückliche?“, fragte Jessica sie mit einem höhnischen Grinsen im Gesicht. „Kommt er heute Abend mit zur Party?“

„Sieht er gut aus?“, wollte Emily, ein großes, mageres Mädchen, wissen.

„Er hat bestimmt was mit den Augen“, sagte eine andere und alle prusteten los.

„Tja, Jonas hat mich jedenfalls ein paarmal gefragt, ob ich auch wirklich zur Party komme“, säuselte Jessica und warf ihr langes Haar zurück. „Ich werde heute Abend mein goldenes Top und einen brandneuen Designerrock tragen. Was ziehst du denn an, Selina?" Ein fieses Lächeln umspielte ihre Lippen. „Irgendwas Lilafarbenes, das sich mit deinen Haaren beißt? Mit Pünktchenmuster, passend zu deinen vielen Sommersprossen?"

„Ignorier sie einfach", sagte Lara und warf ihr durch ihre große, runde Brille einen ängstlichen Blick zu.

Selina wurde langsam richtig sauer. Auf ihren Wangen zeichneten sich mittlerweile leuchtend rote Flecken ab.

„Diesen Freund hat sie sich doch nur ausgedacht", stichelte Jessica weiter. „Wetten, den gibt's gar nicht."

„Wenn du dich da mal nicht irrst!" Selina fuhr herum und starrte die anderen Mädchen mit blitzenden Augen an. Ihre roten Locken wippten auf und ab. „Und ob es ihn gibt!"

„Ach ja? Wie heißt denn der Typ?", fragte Jessica spöttisch. „Na, komm schon. Spuck's aus!"

„Sebastian", sagte Selina. Kaum war der Name gefallen, bereute sie es auch schon. Die ganze Zeit hatte sie niemandem von ihm erzählt, nicht mal

Lara oder ihrer Mutter, und jetzt verriet sie ihr Geheimnis ausgerechnet Jessica.

Das Gelächter verstummte und Selina stellte mit Entsetzen fest, dass alle sie anstarrten. Ihr rutschte das Herz in die Hose.

„Se-bas–ti-an!“, sagte Jessica von oben herab. „Was ist das denn für ein langweiliger Name?“

„Und wo wohnt er?“, fragte Emily. „Na los, erzähl schon!“

„Das kann sie doch nicht“, erwiderte Jessica. „Unsere Selina hat ihn sich nämlich nur ausgedacht! Ist doch klar!“

„Also, wenn ich einen Freund erfinden müsste, würde ich mir garantiert einen cooleren Namen aussuchen – den von einem Popstar oder einem Schauspieler“, sagte ein Mädchen und lachte schallend.

„Ich habe ihn mir nicht ausgedacht!“, stieß Selina zwischen zusammengebissenen Zähnen hervor. „Er heißt wirklich so. Sebastian ist mindestens zwei Jahre älter als ich und lebt …“ Sie hielt inne, weil sie den anderen nichts von Zavania erzählen wollte. „Er lebt … woanders.“

„Was soll das heißen?“, fragte Jessica mit misstrauisch zusammengekniffenen Augen. „Meinst du in einer anderen Stadt oder im Ausland?“

„Ja“, sagte Selina. „Genau das meine ich. Er lebt in einem anderen Land. Deswegen kann er auch nicht zur Party kommen.“

„Aha“, entgegnete Emily und schaute sie neugierig an. „Wie oft trefft ihr euch denn so?“

„Nicht sehr häufig“, erwiderte Selina traurig. Sie wollte nicht zugeben, dass sie sich erst einmal gesehen hatten, denn dann hätten ihre Mitschülerinnen auf der Stelle wieder mit den Sticheleien angefangen.

„Besucht er dich manchmal?“ Die Frage kam von ihrer Freundin Lara.

„Nein.“ Selina schüttelte den Kopf. „Ich ... ich war bei ihm ...“

Alle schauten sie schweigend und interessiert an, während Selina verzweifelt überlegte, was sie als Nächstes sagen sollte. Sie befürchtete, dass sie schon viel zu viel verraten hatte. Die Rettung nahte in Gestalt des Mathelehrers, der in diesem Moment die Klasse betrat und mit dem Unterricht begann.

„Du hast mir von diesem Sebastian gar nichts erzählt“, sagte Lara, als sie und Selina nach der Schule heimgingen.

„Ich habe mit niemandem über ihn geredet“, erwiderte Selina. „Das hätte mir doch sowieso keiner abgenommen.“

„Ich dachte, ich wäre deine Freundin.“ Lara klang verletzt.

„Das bist du auch“, versicherte ihr Selina. „Meine einzige und beste Freundin.“

„Dann hättest du es mir erzählen müssen. Wenn ich mich mit einem tollen Jungen treffen würde, hätte ich es dir gesagt.“ Lara klang bedrückt, als könne sie sich nicht vorstellen, dass sich jemals ein süßer Typ in sie verlieben würde. Dann heiterte sich ihre Miene ein wenig auf und sie fragte: „Wie ist er denn so?“

„Sebastian? Oh, er ist nett“, antwortete Selina. „Sehr nett. In Wahrheit ist er gar nicht mein Freund. Das habe ich nur gesagt, damit Jessica den Mund hält. Wir verstehen uns bloß richtig gut und ich finde, er ist etwas ganz Besonderes.“

„Wo hast du ihn denn kennengelernt?“, fragte Lara neugierig.

„Er hat mit seinem Boot am Ende unseres Gartens angelegt. Du weißt ja, da ist ein kleiner Fluss“, antwortete Selina. „Sebastian hat mich mitgenommen, um mir seine … seine Leute vorzustellen.“

„Seine Leute? Meinst du seine Familie?“

„Nein.“ Selina zögerte. „Sebastian hat keine Eltern. Er lebt bei seinem Lehrmeister Zenobius und einer Frau, die Tirza heißt. Sie kocht für die beiden und kümmert sich auch um alles andere.“

„Was für komische Namen“, meinte Lara. „Zenobius und Tirza. Aber du hast ja gesagt, dass die beiden in einem anderen Land wohnen. Vielleicht würde *mein* Name für die Leute dort auch seltsam klingen.“

„Ja.“ Selina nickte. „Das könnte sein.“

Sie gingen eine Weile schweigend weiter. Als sie sich dem Ende der Straße näherten und Lara abbiegen musste, fragte sie: „Wo liegt dieses Land überhaupt? Und wie heißt es?“

„Es heißt Zavania“, antwortete Selina. „Du kommst dorthin, wenn du den Fluss am Ende unseres Gartens mit einem Boot hinunterfährst.“ Sie zögerte, weil sie unsicher war, wie viel sie Lara erzählen sollte. „Es ist ein sehr ungewöhnlicher Ort“, fügte sie schließlich hinzu.

„Was meinst du mit ungewöhnlich?“, fragte Lara.

„Na ja, Zavania kommt mir irgendwie verzaubert vor.“

„Wow“, hauchte Lara. „Klingt aufregend.“

„Das kann man wohl sagen“, meinte Selina.

„Fährst du noch mal hin?“

„Ich hoffe es“, antwortete sie. „Sebastian hat gesagt, dass er wiederkommt und mich abholen wird.“

„Cool“, meinte Lara. „Und deine Mutter hat nichts dagegen?“

„Nö. Also ... nicht wirklich“, druckste Selina herum. Sie traute sich nicht zu sagen, dass ihre Mutter gar nichts von der letzten Reise nach Zavania wusste.

„Hast du ein Glück.“ Lara seufzte. „Meine Mutter würde mir so was nie erlauben. Selina, ich muss jetzt los und mich für die Party umziehen. Bis später.“

„Ja, bis später, Lara.“ Selina sah ihrer Freundin hinterher, die mit ihrer rosafarbenen Schultasche die Straße entlangging. Wie hätte sie Lara erzählen sollen, dass ihre eigene Mutter sicher auch gegen die Fahrt nach Zavania gewesen wäre, wenn sie davon gewusst hätte? Selina hatte gar nicht daran gedacht, sie um Erlaubnis zu bitten, als sie in Sebastians Boot gestiegen war. Und als sie wieder nach Hause kam, schien die Zeit dort stehen geblieben zu sein. Ihre Mutter war überhaupt nicht auf die Idee gekommen, dass sie weg gewesen sein könnte.

Selina seufzte und ging langsam auf ihr Haus zu. Aber nicht nur die Sache mit der Zeit war seltsam. Alles in Zavania war seltsam. Wer würde ihr die abenteuerlichen Dinge glauben, die sie in diesem ungewöhnlichen Land erlebt hatte? Selbst bei ihrer besten Freundin Lara hatte sie da große Zweifel.

Wer würde ihr schon abnehmen, dass Sebastians Freund und Beschützer ein Rabe war? Nicht irgendein Rabe, sondern ein sprechender Vogel, der Zack hieß. Sicher würde jeder sie auslachen, wenn sie erzählte, dass Sebastians Meister Zenobius ein Zauberer war, der wichtige Wünsche erfüllte.

Das würde ihr niemand abkaufen. Nicht mal Lara. Sogar Selina fragte sich manchmal, ob sie das alles nicht nur geträumt hatte.

Sechs Wochen waren seitdem vergangen. Sechs lange Wochen. Unzählige Male war Selina in dieser Zeit durch den Garten zu dem kleinen Fluss gelaufen, um nachzusehen, ob Sebastians Boot wieder unter den Weiden festgemacht war. Aber jedes Mal lag der Fluss verlassen da.

Einmal war sie in ihrer Verzweiflung sogar am Ufer entlanggelaufen, bis sie zu der Stelle kam, wo das friedliche Flüsschen in den breiteren und schneller fließenden Strom mündete. Dabei durfte sie dort eigentlich nicht alleine hingehen. Es sah alles ganz anders aus als auf der Bootsreise, die sie mit Sebastian unternommen hatte. Damals hatten auf den Feldern, an denen sie vorbeikamen, wunderschöne Blumen geblüht und der Himmel war strahlend blau gewesen. Doch jetzt war nur ein schlammiger Uferstreifen zu sehen und gelegentlich ein Landungssteg, der aus dem Schilf ragte.

Anfangs hatte sie fest daran geglaubt, dass Sebastian zurückkommen würde. Schließlich hatte sogar Zack gesagt, dass es ein nächstes Mal geben würde. Doch als Tag um Tag verging, begann Selina daran zu zweifeln.

Sie wünschte, Jessica und die anderen hätten sie nicht dazu gebracht, über Sebastian zu sprechen. Sie war nämlich fest entschlossen gewesen, ihn vor allen geheim zu halten.

Sie ging zur Hintertür des Hauses. Ihre Mutter war in der Küche.

„Hallo, Selina", sagte sie. „Hattest du einen schönen Tag?"

Selina murmelte eine Antwort, während sie sich ein Glas Orangensaft eingoss und ein paar Kekse nahm. Sie hatte ihren Eltern bis jetzt nichts von den Sticheleien ihrer Mitschülerinnen erzählt, weil sie befürchtete, dass ihre Mutter sofort in die Schule stürmen und versuchen würde, die Sache in Ordnung zu bringen. Und danach würden Jessica und ihre Freundinnen bestimmt noch gemeiner zu ihr sein.

„Ich geh rauf in mein Zimmer", verkündete Selina.

„Beeil dich mit den Hausaufgaben, damit du dich rechtzeitig für die Party umziehen kannst", sagte ihre Mutter, während sie den Backofen aufmachte und einen Braten hineinschob. „Ich habe dein türkisfarbenes Top und den passenden Rock gebügelt."

„Muss ich wirklich zu dieser Party gehen?", quengelte Selina. „Ich hab eigentlich gar keine Lust."

„Oh, Selina." Ihre Mutter seufzte. „Ich habe extra Muffins mit Zuckerguss für den Abend gebacken und einen Teller Käse-Sandwiches vorbereitet. Außerdem wäre Lara sehr enttäuscht, wenn sie ganz allein hingehen müsste. Meinst du nicht?"

„Ja." Selina stöhnte. „Das wäre sie bestimmt."

„Überleg's dir noch mal."

Selina nickte, ging in den Flur und stieg die Treppe hinauf, während sie den letzten Keks verdrückte. In ihrem Zimmer ließ sie die Schultasche zu Boden fallen und blieb für einen Moment am Fenster stehen. Ihre Mutter warf gerade eine Handvoll Krümel für die Vögel auf den Rasen und ging dann wieder ins Haus.

Kaum war sie verschwunden, stürzten die Vögel sich gierig darauf. Einige Stare schubsten sich gegenseitig weg und eine Schar Krähen versuchte, die sehr viel kleineren Spatzen zu vertreiben, indem sie wie wild mit den Flügeln schlug.

Das Theater brachte Selina zum Schmunzeln. Sie wollte sich gerade vom Fenster abwenden, als sie etwas Ungewöhnliches bemerkte. Einer der Vögel, den sie zuerst für eine Krähe gehalten hatte, war wesentlich größer als die anderen. Er flog ganz nah am Boden entlang.

Selina erstarrte. Sie hielt sich wie elektrisiert am Fensterbrett fest und beugte sich vor. Der Vogel kam ihrem Zimmer immer näher.

Selinas Herz machte vor Aufregung einen Sprung.

War das etwa Zack, der Rabe?

Auf einmal verschwand der Vogel aus ihrem Blickfeld. Sie wandte sich nun vom Fenster ab, stürmte aus dem Zimmer und rannte die Treppe hinunter.

Glücklicherweise war ihre Mutter nicht mehr in der Küche, sondern telefonierte gerade im Wohnzimmer mit einer Freundin. Deshalb konnte Selina unbemerkt durch die Hintertür nach draußen verschwinden.

Die Vögel auf dem Rasen erhoben sich jetzt in einem großen Schwarm. Verärgert über die plötzliche Störung flatterten sie mit den Flügeln und krächzten laut.

Alle, bis auf einen. Ein großer schwarzer Vogel saß auf dem Dach des Gartenschuppens und musterte sie von oben bis unten.

Mit klopfendem Herzen ging Selina langsam und vorsichtig auf ihn zu. „Zack?“, flüsterte sie. „Bist du das?“

Der Vogel blinzelte, breitete seine großen Schwingen aus und erhob sich dann gemächlich in die Luft. Dort schwebte er über Selina, als wollte er sie auffordern, ihm zu folgen.

Mit angehaltenem Atem machte sie einen Schritt nach vorn, während der große Vogel noch einmal majestätisch mit den Flügeln schlug. Dann flog er auf Selinas Augenhöhe voran – vorbei an den Blumenbeeten und durch den Gemüsegarten ihres Vaters zu den Bäumen am Ende des Gartens. Dort verschwand er unter den tief hängenden Zweigen einer Trauerweide.

Selina rannte ihm hinterher. Bei dem Versuch, mit ihm Schritt zu halten, stolperte sie immer wieder über Kohlköpfe. „Bitte warte doch auf mich!“ Selina keuchte.

Als sie schließlich den Weidenbaum erreicht hatte und die Zweige wie einen Vorhang zur Seite schob, blickte sie aufgeregt von links nach rechts.

Alles war still und zuerst konnte sie nichts erkennen. Doch dann entdeckte sie den Vogel. Er hockte auf einem Baumstamm und beobachtete sie.

„Zack?“, fragte sie unsicher. „Bist du das?“

„Natürlich.“ Der Vogel schlug mit den Flügeln. „Was hast du denn gedacht?“

Reise nach Zavania

„Oh, Zack, du bist es wirklich!“ Selina schlug vor Freude die Hände zusammen. „Es ist so furchtbar lange her, seit wir uns das letzte Mal gesehen haben.“

„Ach ja?“, sagte Zack. „Wenn du mich fragst, fliegen die Tage nur so dahin. Alles eine einzige Hetzerei, nie einen Moment Ruhe und Frieden.“

„Ist Sebastian auch hier?“ Selina schaute zwischen den Weidenzweigen hindurch auf den Fluss. Vor lauter Aufregung hielt sie dabei den Atem an. Dann entdeckte sie plötzlich eine winzige Bewegung im Wasser. Leise glitt das Boot in ihr Blickfeld.

Auf einmal war er da, genau wie beim letzten Mal. Stolz stand er im hinteren Teil des Bootes. In den Händen hielt er die lange hölzerne Stange, mit der er das Boot durch den Fluss stakte. Er hatte den schwarzen Umhang über seine Schulter geworfen. Auch diesmal trug er ein weißes Hemd und schwarze Samthosen.

„Sebastian!“, rief sie freudestrahlend.

Er sah auf und entdeckte sie zwischen den Weidenblättern. „Hallo, Selina“, sagte er und wurde ein klein bisschen rot.

„Oh, ich wusste, dass du zurückkommen würdest“, rief Selina.

„Ich musste warten, bis sich jemand etwas gewünscht hat“, sagte Sebastian, während er das Boot ans Ufer lenkte. Er hielt ihr die Hand hin, damit sie an Bord kommen konnte.

„Und bis jetzt hatte sich niemand etwas gewünscht?“, fragte Selina ungläubig.

„Doch, doch, es gab Unmengen von Wünschen“, sagte Zack und schlug mit den Flügeln, bevor er sich auf Sebastians Stange niederließ. „Nur war keiner so wichtig, dass Zenobius ihn anerkannt hätte.“

„Aber jetzt ist einer dabei?“, fragte Selina und ließ sich auf einem Berg von bunten Kissen nieder, der auf dem Boden des Bootes lag.

„Ja“, erwiderte Sebastian. Er wandte sich von ihr ab in die andere Richtung, um das Boot vom Ufer wegzustoßen. „Aber wir wissen noch nicht, von wem der Wunsch stammt. Wir müssen warten, bis wir es von Zenobius erfahren.“

„Hat der Herr der Wünsche erlaubt, dass ich mit euch komme?“, wollte Selina wissen. Sie erinnerte sich noch gut daran, wie schwierig es beim letzten Mal gewesen war, Zenobius davon zu überzeugen, dass sie Sebastian auf seiner Reise helfen könnte und ihn daher unbedingt begleiten sollte.

Es war Zack, der ihre Frage beantwortete. Glucksend sagte er: „Er hat es nicht nur erlaubt, er hat uns sogar befohlen, hierherzufahren und dich zu holen.“

„Echt?“ Selinas Augen wurden vor Erstaunen ganz groß.

Wieder lachte Zack krächzend. „Ja“, antwortete er. „Sebastian hatte all seinen Mut zusammengenommen, um Zenobius zu fragen, ob er dich abholen darf. Doch bevor er damit rausrücken konnte, ist ihm unser Meister glatt zuvorgekommen. Er sagte wortwörtlich: ‚Sebastian neigt dazu, sich von der Macht seiner Zauberkräfte mitreißen zu lassen.‘ Und dass ‚dein guter Einfluss‘ ihn ‚besänftigen‘ würde.“

„Das hat Zenobius gesagt!“ Selinas Augen wurden noch größer.

„Da kann ich ihm nur zustimmen“, meinte Zack. „Außerdem bist du wirklich nützlich, wenn es darum geht, Zaubersprüche zu lernen. Das ist ja leider nicht Sebastians Stärke.“

„Ich kann doch nichts dafür, wenn ich mir die Texte einfach nicht merken kann“, murmelte Sebastian gereizt.

Selina spürte die Spannung zwischen den beiden Freunden und beschloss daher, das Thema zu wechseln. „Ich habe nur eine Stunde Zeit“, sagte sie. „Ich muss nämlich zu unserer Schulparty. Eigentlich habe ich gar keine Lust, aber meine Mutter will unbedingt, dass ich hingehe. Deswegen sollte ich rechtzeitig zurück sein.“

„Kein Problem“, entgegnete Sebastian. „Du wirst genau zur richtigen Zeit wieder zu Hause sein.“

Selina seufzte und kuschelte sich in die gemütlichen Kissen. Während ihrer Unterhaltung hatten sie die Weidenbäume hinter sich gelassen und waren mit dem Boot in einen gespenstischen Nebelschleier geglitten. Schließlich durchbrachen sie die Nebelwand und fanden sich im hellen Sonnenlicht wieder, das auf dem Wasser tanzte und funkelte.

Es war alles genauso wie auf Selinas erster Reise. Die Wiesen zu beiden Seiten des breiten Flusses waren voller Wildblumen, der Himmel erstrahlte in einem endlosen Blau und schillernde Fische schnellten neben dem Boot aus dem Wasser und tauchten dann wieder hinab. In einiger Entfernung erhoben sich dunkle Tannenwälder vor der Kulisse violett schimmernder Berge. Die schneebedeckten Gipfel ragten gen Himmel.

Doch tröstlicher als all dies zusammen war für Selina die Tatsache, dass der große, gut aussehende Junge mit der goldbraunen Haut und den mandelförmigen Augen tatsächlich am anderen Ende des Bootes stand. Und zu Selinas Freude waren er und Zack gekommen, um sie zu holen, weil sie ihre Freundin brauchten.

Die drei waren rasend schnell unterwegs. Bevor Selina wusste, wie ihr geschah, befanden sie sich bereits auf dem Fluss, der durch die Gärten des königlichen Schlosses führte. Kurz darauf machten Sebastian und Zack das Boot an einem kleinen hölzernen Steg fest.

Nachdem sie angelegt und die schmale, grob gezimmerte Brücke, die zum Schloss führte, überquert hatten, schaute Selina sich genau um. Sie erwartete geradezu, Prinzessin Clarissa zu begegnen. Selina spürte, dass sie eine Gänsehaut bekam. Bei ihrem letzten Besuch in Zavania hatte die Prinzessin Selina von der ersten Sekunde an nicht leiden können. Offenbar hatte Clarissa etwas gegen Selinas Freundschaft mit Sebastian. Aber heute war zum Glück nichts von ihr zu sehen.

Selina wäre gerne noch ein bisschen in den königlichen Gärten geblieben. Hier gab es exotisch aussehende, wunderschöne Blumen und Hunderte von Springbrunnen, in denen Wasser mit Himbeergeschmack sprudelte – es war ein wahrhaft zauberhafter Ort. Aber Sebastian mahnte zur Eile.

„Ihr wisst doch, wie sehr Zenobius es hasst zu warten“, sagte er.

„Genau, nun aber dalli“, krächzte Zack, der neben ihnen herflog, während sie sich dem Schloss näherten. „Ich bin nicht besonders scharf darauf, in einen Wurm verwandelt zu werden. Das hat Zenobius mir nämlich letztes Mal angedroht, als ich zu spät dran war. Stellt euch das doch mal vor, ich und ein Wurm!“

„Du würdest wahrscheinlich eine richtig leckere Mahlzeit für die weißen Schlosstauben abgeben“, sagte Sebastian mit einem Lachen.

„Was?“, schnaubte Zack empört. „Diese verdammten Viecher kriegen doch schon viel zu viel zu fressen. Die müsste wirklich mal jemand auf Diät setzen …“

Doch Sebastian hörte ihm gar nicht mehr zu. Sie hatten nämlich den Ostturm erreicht. Das war das Zuhause von ihm und Zenobius, dem Herrn der Wünsche.

Als sie sich dem Eingang näherten, wurde die Tür aufgerissen. Im Türrahmen stand eine winzige Frau. Sie hatte schwarze Knopfaugen und ihre Haut war von Falten durchzogen wie bei einer Walnuss. Die Frau stemmte energisch die Hände in die Hüften.

„Oh“, keuchte Selina, noch ganz außer Atem vom schnellen Laufen. „Da ist ja Tirza!“

„Ach, kommt ihr auch schon!“, keifte Tirza mit ihrer hohen, glockenhellen Stimme.

„Wir haben uns so sehr beeilt, wie wir konnten.“ Sebastian hörte auf zu reden und stützte die Hände auf die Oberschenkel, weil er erst einmal zu Atem kommen musste.

„Du gehst besser schleunigst nach oben, während ich Selina etwas zu trinken hole. Zenobius stapft dort schon ungeduldig hin und her. Na los, ab mit dir! Beweg dich, junger Mann!“ Tirza trat beiseite, um Sebastian vorbeizulassen, der hastig die Stufen zum Turmzimmer hinaufeilte. Als er nicht mehr zu sehen war, wandte sie sich an Selina.

„Komm mit“, sagte sie ganz selbstverständlich, als wäre Selina nicht wochenlang weg gewesen. „Hättest du Lust auf einen Kelch von meinem leckeren Erdbeersirup?“

„Sehr gerne. Danke.“ Selina kannte den Sirup bereits von ihrem letzten Besuch und wusste, wie gut er schmeckte. Sie folgte Tirza in den Turm, wo sie die Treppe bis in den ersten Stock hinaufstiegen. Zack flog an ihnen vorbei und saß bereits auf seiner Stange an der Wand, als sie den Wohnraum betraten.

„So, so“, sagte Tirza wenig später, während Selina an dem langen, auf Hochglanz polierten Tisch saß und an ihrem Kelch nippte. „Zenobius hat also nach dir geschickt. Du musst ihn das letzte Mal schwer beeindruckt haben. Ich habe noch nie erlebt, dass er jemanden aus der anderen Welt holen ließ.“

„Sebastian wollte auch, dass ich komme“, sagte Selina.

„Na, das versteht sich doch von selbst“, meinte Tirza naserümpfend. „Von einem hübschen Gesicht lässt er sich leicht den Kopf verdrehen … Aber Zenobius, das ist eine andere Geschichte.“

„Ich habe doch gar kein hübsches Gesicht.“ Selina ließ ihren Kelch sinken und schaute Tirza verwundert an.

„Wer sagt das denn?“, fragte Tirza.

„Jeder“, erwiderte Selina. „Die Mädchen in der Schule und vor allem Jessica. Sie machen sich die ganze Zeit über mich lustig.“

Während Selina sprach, ertönte plötzlich ein

Krächzen aus Zacks Ecke. Der Rabe klang verärgert. Beide drehten sich um und sahen zu ihm hinüber. Der Vogel begann daraufhin, auf seiner Stange auf und ab zu stolzieren. Selina fügte düster hinzu: „Ist ja auch kein Wunder, bei diesen schrecklichen Haaren und den Sommersprossen und meiner fürchterlichen Zahnspange."

„Achte nicht auf deren dummes Geschwätz", knurrte Tirza. „Eines Tages wirst du diejenige sein, die zuletzt lacht, mein Mädchen. Wart's nur ab."

Selina zweifelte zwar an Tirzas Worten, aber sie hatte keine Gelegenheit, länger darüber nachzudenken, da sie Sebastian am Treppenaufgang stehen sah. Er machte wie wild Zeichen.

„Ich muss los, Tirza." Selina stellte den Kelch ab, sprang auf und rannte zur Treppe. Wieder folgte ihr der Rabe und flog an ihr und Sebastian vorbei, als sie die Stufen weiter hinaufstiegen.

Selina hatten vor Angst die Knie geschlottert, als sie das Zimmer des Herrn der Wünsche zum ersten Mal betreten hatte. Der Anblick all der
Instrumente und Zaubertränke hatte damals nicht gerade dazu beigetragen, ihre Nerven zu

beruhigen. Dieses Mal war es anders. Obwohl sie nach wie vor sehr viel Respekt vor dem großen Mann hatte, fürchtete sie sich nicht mehr vor ihm. Als sie endlich vor Zenobius stand, brachte sie sogar ein Lächeln zustande.

„Melina“, rief er mit dröhnender Stimme. Sein kahler Kopf schimmerte im Schein der vielen Kerzen, die das Turmzimmer erleuchteten, und seine schwarzen, buschigen Augenbrauen schienen sein Stirnrunzeln zu unterstreichen. Den langen, dunklen Umhang hatte er eng um sich geschlungen.

„Selina“, verbesserte sie ihn.

„Nun gut“, grummelte er, „dann eben Selina. Also, Mädchen, bist du bereit, diesem elenden Knaben bei einer weiteren Aufgabe zu helfen?“

„Oh ja“, antwortete Selina wie aus der Pistole geschossen. „Jederzeit.“

„Dann hat dich die Eiskönigin mit all ihren üblen Tricks bei eurem letzten Abenteuer also nicht abgeschreckt?“

„Nein.“ Selina schüttelte den Kopf. Doch als ihr wieder einfiel, wie viel Angst sie vor der bösen Frau gehabt hatte, fügte sie vorsichtig hinzu: „Na ja, immerhin bin ich wieder hierhergekommen ... Aber diese Aufgabe hat doch sicher nichts mit der fiesen Eiskönigin zu tun, oder?"

Zack stieß ein lautes Krächzen aus und versteckte den Kopf unter seinem Flügel. Sogar Sebastian wurde bei dieser schrecklichen Aussicht ganz blass im Gesicht.

„Und wenn es doch um sie ginge?", fragte Zenobius. „Wärst du dann immer noch bereit, uns zu helfen?"

Selina schluckte. „Ja", sagte sie kaum hörbar.

„Nun, das ist sehr lobenswert von dir", meinte Zenobius und ließ seinen Blick über die drei Freunde schweifen: „Aber diesmal hat es nichts mit ihr zu tun."

Erleichterung machte sich breit.

„Sie hat noch keine Zeit gehabt, wieder zu Kräften zu kommen", fügte Zenobius hinzu. „Allerdings befürchte ich, dass wir noch von ihr hören werden. Doch bei dieser Aufgabe geht es um etwas völlig anderes."

„Von wem stammt denn der Wunsch?", fragte Sebastian.

Während sie auf die Antwort von Zenobius

warteten, herrschte in dem großen Turmzimmer absolute Stille.

„Es geht um eine Meerjungfrau", sagte der Herr der Wünsche schließlich. „Eine Meerjungfrau namens Jolana, die in den Kristallhöhlen am Rande der Delfinbucht lebt."

„Und wie lautet ihr Wunsch?", fragte Selina.

„Sie wünscht sich, dass sie den Kamm zurückbekommt, der ihr gestohlen wurde", antwortete Zenobius.

In der Delfinbucht

„Ich verstehe wirklich nicht, was an diesem Wunsch so wichtig sein soll“, rutschte es Selina auf einmal heraus.

Obwohl sich Zenobius’ buschige Augenbrauen zusammenzogen und sein Blick finsterer wurde, fuhr Selina unbeirrt fort. „Ich meine, wenn ihr Kamm gestohlen worden ist, warum kauft sie sich nicht einfach einen neuen?“

„Meine Güte!“, krächzte Zack aus seiner Ecke. „Du hast offenbar keine Ahnung vom Meervolk und …“

„Was ist denn das Meervolk?“, unterbrach Selina ihn verblüfft.

„Es besteht aus Meerjungfrauen und Meermännern“, erklärte ihr Sebastian.

„Also, von Meerjungfrauen hab ich ja schon

gehört“, sagte Selina, „aber dass es auch Meermänner gibt …“

„Mädchen, Mädchen, du hast wirklich noch eine Menge zu lernen“, meinte Zack und schüttelte vorwurfsvoll den Kopf.

„Erzähle ihr vom Meervolk und seinen Kämmen“, forderte Zenobius seinen Lehrling auf. Dann wandte er sich ab.

„Ein Meermensch besitzt nur einen einzigen Kamm und den bekommt er am Tag seiner Geburt von seiner Mutter“, begann Sebastian geduldig zu erklären. „Er kann sich nur mit diesem Kamm kämmen. Tut er das nicht dreimal am Tag, verfilzen seine Haare innerhalb kürzester Zeit. Und wenn das passiert, kann der Meermensch nicht mehr schwimmen. Stimmt's, Zenobius?“ Sebastian warf dem Herrn der Wünsche einen fragenden Blick zu.

„Absolut richtig!“ Als Zenobius sich wieder zu ihnen umdrehte, spiegelte sich das Licht der Kerzen in dem goldenen Ring, den er im einen Ohr trug. „Vielleicht kannst du jetzt verstehen, warum wir diesen Wunsch für so wichtig halten, dass er erfüllt werden soll.“

„Natürlich verstehe ich das“, erwiderte Selina. „Ich weiß, wie lästig es ist, wenn ich Knoten in meinem Haar habe, und dabei ist es gar nicht so lang. Ich habe schon mal Bilder von Meerjungfrauen gesehen. Die haben richtig lange Haare. Wo, sagtet Ihr vorhin, lebt das Meervolk?“

„In den Kristallhöhlen am Rande der Delfinbucht“, antwortete Zenobius. „Einer der Delfine, die dort leben, ist den Fluss entlang bis zum Schloss geschwommen und hat mir die ganze traurige Geschichte erzählt. Es sieht so aus, als würde Jolana langsam austrocknen und sterben. Das wäre auch bei jedem anderen Mitglied aus dem Meervolk so, wenn es nicht mehr schwimmen könnte.“

„Das dürfen wir nicht zulassen“, krächzte Zack entschlossen.

„Richtig“, bekräftigte Zenobius. „Eure Aufgabe ist herauszufinden, wer den Kamm gestohlen hat, ihn zurückzuholen und ihn der Meerjungfrau zu übergeben.“

„Gibt es irgendeinen Anhaltspunkt, wer ihn geklaut haben könnte?“, fragte Sebastian.

„Wie mir der Delfin berichtet hat, gibt es mehrere Verdächtige", erwiderte Zenobius. „Die Stechrochen und die Teufelsfische hätten in letzter Zeit wieder häufiger Ärger gemacht, die Barrakudas haben immer jede Menge fieser Tricks auf Lager und dann ist da noch eine Bande Garnelen, die in dieser Gegend schon einige Diebstähle begangen hat."

„Klingt für meinen Geschmack ein bisschen zu sehr nach Fisch", krächzte Zack. „Und nach Nässe. Ich kann Wasser nicht ausstehen. Das lässt meine Federn zu Berge stehen. Wenn es für euch okay ist, werde ich bei dieser Wunscherfüllung einfach mal aussetzen."

Selina erschrak.

Für sie war es undenkbar, die Aufgabe ohne Zack zu meistern.

„Kommt überhaupt nicht infrage!", donnerte Zenobius zu ihrer großen Erleichterung. „Du begleitest die beiden, denn sie werden deine Hilfe brauchen."

Zack zog den Kopf zwischen die Flügel und Selina wusste: Es war ein Zeichen dafür, dass er jetzt eingeschnappt war.

„Die Regeln sind dieselben wie sonst auch",

sagte Zenobius, ging zum Wandschrank und öffnete ihn. „Ihr bekommt zwei Zaubersprüche, die euch helfen sollen, den Wunsch zu erfüllen. Und die müsst ihr auswendig lernen."

Ohne auf Sebastians Stöhnen zu achten, fuhr er fort: „Es ist allein Sebastian überlassen, wie und wann er die Zaubersprüche einsetzt, aber er muss mir hinterher Bericht erstatten. Ich werde dann beurteilen, ob er auch wirklich die richtigen Entscheidungen getroffen hat."

Der Herr der Wünsche hielt im Sprechen inne und sah Sebastian ernst an. „Deine Entscheidungen haben natürlich auch Einfluss darauf, wann du deine Goldenen Sporen erhältst und selbst zu einem Herrn der Wünsche wirst."

Sebastian schluckte.

„Eins dürft ihr nie vergessen", fuhr der Lehrmeister fort, während er zwei Pergamentrollen und eine schwarze Schatulle aus einer Schublade holte. „Nachdem ihr die Zaubersprüche eingesetzt habt, seid ihr wieder völlig auf euch allein gestellt. Benutzt sie daher weise. Wenn sie verbraucht sind, kann euch meine Zauberkraft nicht mehr zu Hilfe kommen."

Wieder hielt er im Sprechen inne. Im Turmzimmer breitete sich Stille aus. Selina hielt den Atem an, als Zenobius die Schatulle öffnete.

„Und hier", sagte er, „ist der magische Ring, der dafür sorgen wird, dass die Zaubersprüche in Erfüllung gehen." Als er ihn aus dem Kästchen nahm, bündelte der Edelstein die Sonnenstrahlen, die durch das Fenster fielen, in einem türkisfarbenen Blitz.

Sebastian trat vor und der Herr der Wünsche steckte ihm den Ring an den Finger.

„Ist der schön", hauchte Selina.

„Dieser Stein ist ein Aquamarin", erklärte Zenobius. „Sehr passend für ein Unterwasserabenteuer."

„Musstet Ihr mich unbedingt daran erinnern? Mit nassen Federn werde ich genauso albern wie ein gerupftes Huhn aussehen." Der Rabe krächzte empört.

Ohne Zack zu beachten, richtete Zenobius sich zu seiner vollen Größe auf, warf seinen Umhang zurück und öffnete schwungvoll eine der beiden Pergamentrollen. „Und jetzt werde ich euch den ersten der beiden Zaubersprüche verkünden. Wie ihr wisst, dürfen die Rollen unter keinen Umständen diesen Raum verlassen. Es ist also an euch, die Zaubersprüche so gewissenhaft wie möglich auswendig zu lernen."

Nachdem Sebastian, Selina und Zack die Sprüche mehrfach durchgegangen waren, machten sie sich auf den Weg. Tirza war extra zum Landungssteg gekommen, um sich zu verabschieden und ihnen hinterherzuwinken.

Kurze Zeit später schipperten die drei Freunde flussabwärts auf das Meer zu.

„Ich kann mir diese Zaubersprüche einfach nicht merken." Sebastian stöhnte. „Einer klingt schlimmer als der andere."

„Am besten sagen wir sie noch mal gemeinsam auf", schlug Selina vor. „Na, kommt schon. Alle zusammen! Man kann sie nur lernen, wenn man sie möglichst oft wiederholt. Du auch, Zack", sagte sie streng, als der Rabe ihnen den Rücken zudrehte.

„Zack!"

„Okay, okay", krächzte der Vogel widerwillig.

Selina holte tief Luft und begann den ersten Zauberspruch aufzusagen. Die anderen beiden blieben stumm.

„Zalleria, Zallaria, Zalliski,
mächtiger Aquamarin im Meer,
Zaconda, Zacanda, Zaciski,
schickt Euer türkises Feuer her!

Na bitte, war doch gar nicht so schwer“, sagte Selina und schaute ihre Freunde auffordernd an.

„Ich bringe die Worte immer durcheinander“, meinte Sebastian niedergeschlagen. „Irgendwie klingen sie für mich alle gleich.“

„Das sind sie aber nicht“, rief Selina. „Sie sind ganz unterschiedlich. Komm, wir versuchen es noch einmal. Und diesmal möchte ich den Spruch nicht alleine aufsagen.“

Erst kam nur widerwilliges Gemurmel und Gestöhne. Doch dann sprachen Sebastian und Zack Selinas Worte nach.

„Nicht schlecht“, sagte Selina, als sie fertig waren. „Aber ihr solltet noch mehr üben. Jedes einzelne Wort muss stimmen, sonst funktioniert es nicht. Das weißt du doch, Sebastian. Stellt euch mal vor, der Zauberspruch hätte nicht gewirkt, als wir versucht haben, aus dem Palast der Eiskönigin zu fliehen. Ich möchte lieber nicht wissen, was dann mit uns passiert wäre!"

„Ja, ja. Schon gut! Das musst du uns nicht immer wieder unter die Nase – äh ... den Schnabel – reiben", meckerte Zack.

„Hauptsache, ihr vergesst es nicht!", sagte Selina streng. „Also, noch mal von vorn:

Zalleria, Zallaria, Zalliski ..."

Während sie weiter den Fluss hinunterfuhren, wurde die Luft zunehmend frischer.

„Seht euch mal diese Vögel an", sagte Sebastian. Er hatte für einen Moment aufgehört, das Boot zu lenken. Nun stützte er sich auf seine Stange. „Das sind Möwen. Wahnsinn, dieser Sturzflug und wie sie ins Wasser tauchen."

„Eingebildeter Haufen, diese dummen Viecher", schnaubte Zack verächtlich. „Immer müssen sie angeben."

„Wenn hier Möwen sind, ist das Meer sicher

ganz in der Nähe“, sagte Sebastian. Die Aufregung war seiner Stimme deutlich anzuhören.

„Dann wird es höchste Zeit, dass wir den zweiten Zauberspruch üben“, sagte Selina mit fester Stimme. „Sebastian! Zack!“, fügte sie in scharfem Ton hinzu, als keiner der beiden reagierte.

„Na gut. Wenn's unbedingt sein muss“, seufzte Sebastian.

„Ja“, erwiderte Selina. „Es muss sein.“

„Zambazin von Zizabar,
ach herrlich strahlend blauer Stein.
Zascalusa, Zascalar,
die Zauberkraft soll unser sein!“

„Der kam mir jetzt aber ein bisschen leichter vor“, meinte Sebastian, als sie den Zauberspruch zusammen aufgesagt hatten. Dann reckte er den Hals und rief: „Seht doch! Da ist es, das Meer!“

„Oh“, sagte Selina und schlug die Hände zusammen. „Ich hatte gar nicht mehr in Erinnerung, dass es so blau ist.“

„Tja, ich hoffe, du kannst schwimmen“, entgegnete Zack ein wenig arrogant.

„Klar kann ich schwimmen", erwiderte Selina. „Das habe ich schon vor langer Zeit in der Schule beigebracht bekommen."

„Und ich habe im Fluss schwimmen gelernt", sagte Sebastian. „Was ist mit dir, Zack? Ich kann mich nicht entsinnen, dich jemals im Wasser gesehen zu haben."

„Das meide ich auch möglichst." Zack schlug mit den Flügeln. „Es lässt meine Federn immer in alle Richtungen abstehen."

„Kannst du denn überhaupt schwimmen?", fragte Selina besorgt.

„Sagen wir mal so", krächzte Zack, „ich würde jedenfalls nicht ertrinken."

Inzwischen hatten sie den Fluss hinter sich gelassen und fuhren auf dem Meer. Sebastian legte mit dem Boot an einem Sandstrand an, der mit Hunderten von Muscheln und sich im Wind wiegenden Seegrasbüscheln übersät war.

Er schirmte seine Augen mit einer Hand gegen das gleißende Sonnenlicht ab und blickte über die See.

„Wo genau sind denn nun die Kristallhöhlen?", fragte Selina.

„Sie liegen auf der anderen Seite der Bucht. Seht mal, das Kliff dort drüben.“ Sebastian zeigte seinen Freunden, in welcher Richtung er es entdeckt hatte.

„Da müssen die Höhlen sein, in denen das Meervolk lebt.“

„Ist das aufregend!“, sagte Selina. „Ich kann es kaum erwarten, eine echte Meerjungfrau kennenzulernen.“

„Euer Geschnatter in allen Ehren, aber wie sollen wir die Bucht überqueren?“, meldete sich Zack zu Wort. Er war bis eben am Strand auf und ab stolziert, doch nun blieb er stehen und blickte die beiden fragend an.

„Wir haben doch das Boot …“, wandte Selina ein.

„Pah, damit würden wir nicht weit kommen“, sagte Zack abwinkend. „Der Meeresboden ist zu tief. Mit der Holzstange können wir das Boot nur im Fluss vorwärtsbewegen und lenken. Hier taugt es nicht viel.“

„Au Backe“, stöhnte Selina. „Daran habe ich gar nicht gedacht.“

„Kein Wunder“, meckerte Zack. „Du warst ja

auch vollauf damit beschäftigt, uns irgendwelche blöden Reime aufsagen zu lassen."

„Es muss doch eine Möglichkeit geben ...", murmelte Sebastian und blickte nachdenklich auf das Wasser.

„Na ja, wahrscheinlich kann uns jetzt nur noch einer dieser ‚blöden Reime' helfen, um über die Bucht zu kommen", sagte Selina kühl.

„Ich möchte keinen Zauberspruch einsetzen", wehrte Sebastian ab. „Dafür ist es noch zu früh."

„Hast du vielleicht 'ne bessere Idee?", fragte Zack und hörte sich dabei an wie ein gackerndes Huhn.

„Ja, ich denke schon", sagte Sebastian langsam. „Seht doch mal da draußen im Wasser."

Selina kniff die Augen zusammen, weil sie vom Sonnenlicht geblendet wurde. Viele Meter von ihnen entfernt bewegte sich etwas und tollte durch die Wellen. „Was ist denn das?"

„Ein Delfin", antwortete Sebastian. „Die ganze Bucht ist voll von ihnen! Wahrscheinlich hat sie daher ihren Namen."

„Kluges Kerlchen." Zack gluckste.

„Vielleicht könnten sie uns helfen", sagte Sebastian und starrte Zack zornig an. „Ich möchte, dass du jetzt zu ihnen hinüberfliegst und sie darum bittest."

„Ich?", krächzte Zack entrüstet.

„Ja, du", sagte Sebastian ruhig. „Aber wenn dir das zu anstrengend ist, kann ich auch die Möwen darum bitten."

„Okay, okay, ich mach's ja", entgegnete Zack wie aus der Pistole geschossen. Er schlug mit den Flügeln und hob ab. Selina und Sebastian sahen zu, wie er über die Bucht flog.

„Sebastian, glaubst du, sie werden uns helfen?", fragte Selina besorgt, während sie auf die Rückkehr des Raben warteten.

„Wenn sie können, bestimmt", antwortete er. „Delfine sind sehr hilfsbereite Wesen. Vergiss nicht, dass einer von ihnen den Fluss hinaufgeschwommen ist, um Zenobius vom Wunsch der Meerjungfrau zu berichten. Mein Herr hat mir erzählt, dass Prinzessin Clarissa den Delfin gesehen hat. Sie wollte ihn behalten, aber er hat es ihr nicht erlaubt."

Sie schwiegen eine Weile, dann fragte Selina Sebastian hastig: „Hat die Prinzessin während meiner Abwesenheit eigentlich noch mal Ärger gemacht?“

„Nicht wirklich“, sagte Sebastian mit einem breiten Grinsen. „Ich glaube, sie hat ihre Lektion gelernt. Außerdem ist sie im Moment gar nicht da“, fügte er hinzu.

„Ach ja?“, fragte Selina.

„Die königliche Familie besucht Clarissas Tante, die Schwester der Königin.“

Selina sagte nichts dazu, war aber insgeheim erleichtert.

Seit ihrer Rückkehr nach Zavania hatte sie eine weitere Begegnung mit der Prinzessin gefürchtet, da Clarissa Selina anscheinend ebenso wenig mochte wie Selina sie.

„Zack kommt zurück“, sagte Sebastian nach einer Weile.

Selina sah auf und vergaß die Prinzessin vor lauter Aufregung völlig.

Zack flog tatsächlich auf sie zu. Majestätisch glitt der große Rabe über das Meer. Unter ihm sprangen gerade zwei wunderschöne blaugraue Delfine über eine Welle.

„Lasst das Boot zu Wasser“, rief Zack seinen

Freunden zu, als er den Strand erreichte. „Das ist Fino." Der Rabe deutete mit dem Kopf auf einen der beiden Delfine. „Und das neben ihm ist seine Schwester Fine. Sie haben uns freundlicherweise angeboten, das Boot bis zu den Kristallhöhlen zu ziehen."

Jolana

„Hallo“, sagte Fino zu Sebastian und Selina. „Wir sind so froh, euch zu sehen! Wir hatten schon Angst, ihr würdet nicht kommen.“

„Wir haben uns so schnell wie möglich auf den Weg gemacht“, erwiderte Sebastian. „Bevor ein Wunsch erfüllt werden kann, muss jedoch einiges vorbereitet werden.“

„Ja, das kann ich mir vorstellen“, sagte der Delfin, während Sebastian und Selina das Boot ins Wasser schoben. „Ich hoffe nur, dass ihr der armen Meerjungfrau Jolana auch helfen könnt.“

„Wir drei werden unser Bestes geben.“ Sebastian lächelte Fino aufmunternd zu und half Selina, an Bord zu klettern.

„Das Meervolk ist völlig außer sich“, murmelte Fine, der kleinere Delfin, bedrückt.

„Das ist absolut verständlich“, krächzte Zack. „Sie machen sich sicher Sorgen um Jolana.“

„Natürlich.“ Fine nickte. „Doch der gestohlene Kamm lässt auch schlimme Erinnerungen wiederaufleben – Erinnerungen an einen Diebstahl, der vor vielen Jahren begangen wurde.“

„Was wurde denn damals gestohlen?“, fragte Sebastian, während die zwei Delfine das Seil, das am Bug befestigt war, ins Maul nahmen. Sie zogen das Boot aus dem seichten Gewässer und es begann zu schaukeln.

„War es auch ein Kamm?“, fügte Sebastian hinzu.

„Nein“, antwortete Fino mit einem traurigen Blick. Wegen des Seils nuschelte er. „Kein Kamm, sondern ein Meerbaby.“

„Ein Baby?“, rief Selina entsetzt. „Oh nein, wie furchtbar! Haben die Meerleute es denn zurückbekommen?“

„Nein“, erwiderte Fino grimmig. „Der Kleine ist nie wieder aufgetaucht.“

„Das ist ja schrecklich!“, sagte Selina.

„Ihr denkt vielleicht, dass ein Kamm im Vergleich zu einem Baby gar nichts ist“, fuhr Fine fort, „aber ohne ihn kann Jolana nicht mehr schwimmen und wird schon bald sterben."

Das machte die Freunde ganz betrübt. Während Fino und Fine das Boot schnell und sanft durch die Wellen zogen, saßen Selina und Sebastian still nebeneinander auf den bunten Kissen. Zack hockte hinter ihnen.

Über ihnen erstreckte sich der klare blaue Himmel und das Sonnenlicht brachte die Wasseroberfläche zum Glitzern. Die Freunde kamen der Kliffküste, die aussah wie eine lang gezogene weiße Linie, immer näher.

„Man kann schon die Höhlen erkennen!", rief Sebastian plötzlich.

„Tatsächlich." Selina war ganz aufgeregt. „Und guckt mal, da drüben ist das Meervolk!"

Auf den Felsen am Eingang zu den Höhlen saßen einige Meerleute. Sie hatten die Schwanzflossen ins Wasser getaucht. Zwei Meerjungfrauen kämmten ihr goldblondes Haar. Als das Boot vorbeirauschte und einer der Meermänner grüßend die Hand hob, winkten Selina und Sebastian zurück.

„Die Leute dieses Volks sind herzensgut", rief

Fino ihnen zu. „Sie tun niemandem etwas zuleide. Umso bitterer ist nun das, was Jolana zugestoßen ist."

Die Freunde schwiegen, während die Delfine das Boot zwischen den Felsen hindurchlotsten und in eine gigantische dämmrige Höhle zogen.

Sogar Zack schien von der majestätischen Pracht dieses Ortes überwältigt zu sein, denn er hielt ausnahmsweise mal den Schnabel.

An den Höhlenwänden waren wunderschöne bunte Mosaikbilder zu sehen, die sich aus unzähligen Muscheln und Perlen kunstvoll zusammensetzten.

Das Wasser in der Höhle war dunkelgrün und vermutlich sehr, sehr tief. Selina stellte sich vor, wie es wohl wäre, dort hineinzufallen. Allein bei dem Gedanken bekam sie eine Gänsehaut.

Inzwischen hatten die Delfine das Boot in eine kleine Bucht gezogen. Sie legten das Seil sicherheitshalber um einen Felsen und ließen es dann los.

„Weiter können wir euch nicht bringen", sagte Fine und deutete mit ihrer Schnauze auf einen Meerjungen, der zu ihnen gestoßen war. „Aber hier ist Miro. Er ist Jolanas Neffe und der Einzige, den sie im Moment sehen will. Er wird euch zu ihr führen."

Miro, der eine unglaubliche Fülle herrlicher blonder Locken besaß, lächelte den Freunden schüchtern zu und machte ihnen ein Zeichen, ihm zu folgen. Dann sprang er von der Bucht ins Wasser und verschwand.

„Ich will da nicht rein", murmelte Zack.

„Das müssen wir auch nicht", beruhigte ihn Sebastian. „Hier geht's lang." Er deutete mit seinem Zeigefinger auf einen Pfad, der sich am Rand der Bucht entlangschlängelte.

„Kommt", sagte Sebastian. „Er ist ziemlich schmal, aber wenn Selina hinter mir bleibt, müsste es gehen."

Leise vor sich hin meckernd hockte Zack auf Sebastians Schulter, während dieser und Selina dem Pfad folgten. Der Meerjunge schwamm ihnen voraus. Von ihm war meist nicht mehr als die Schwanzflosse zu sehen.

„Was glaubst du, wie weit es noch ist?", flüsterte Selina schließlich und zupfte an Sebastians Umhang.

„Keine Ahnung“, entgegnete er, den Kopf ein wenig nach hinten gewandt, um ihr zu antworten. „Mir war nicht klar, dass Höhlen so tief sein können.“

„Das ist einfach nicht in Ordnung“, schimpfte Zack. „Offenbar vergessen die Leute ständig, dass ich ein Vogel bin. Raben haben im Wasser nichts zu suchen und man sollte auch nicht von ihnen verlangen, dass sie sich in Höhlen herumtreiben. Vögel sind dafür geschaffen zu fliegen, frei zu sein …“

„Jetzt halt endlich mal die Klappe“, zischte Sebastian. „Ich glaube, keiner von uns ist besonders scharf auf diese Reise in die Unterwasserwelt, aber es bringt auch nichts, sich darüber zu beschweren. Wir haben diese Aufgabe übernommen und jetzt müssen wir das Beste daraus machen. He, seht euch das mal an!“

Er blieb unvermittelt stehen. Selina stieß mit Sebastian zusammen und Zack fiel fast von dessen Schulter.

„Verflixt und zugenäht!“, krächzte der Rabe verärgert. „Kannst du nicht Bescheid sagen, bevor du stehen bleibst? Beinahe wären wir alle im

Wasser gelandet, und wer weiß, was dann passiert wäre ...“

Doch keiner hörte ihm zu. Der schmale Pfad, dem sie bisher gefolgt waren, wurde immer breiter. In einer Ecke dieser Höhle rauschte ein Wasserfall über die Felsen und stürzte schäumend in ein türkisfarbenes Becken. Auch hier zierten Mosaikbilder die Wände und die zahlreichen Nischen. In einer dieser Nischen konnte Selina auf einem Felsvorsprung den dunklen Umriss einer Gestalt erkennen.

Sie wollte es gerade Sebastian erzählen, als Miro plötzlich direkt vor ihnen aus dem Wasser schoss. Er schüttelte seine blonden Locken und bespritzte die drei Freunde mit Tausenden von Wassertröpfchen.

Selina und Sebastian sprangen erschrocken zurück und Zack kreischte laut los.

„Pass doch auf!“, krächzte er entrüstet.

„Entschuldigung.“ Wieder huschte ein schüchternes Lächeln über das Gesicht des Meerjungen. „Wartet einen Moment.“

Miro tauchte wieder ab. Mit seiner kräftigen Schwanzflosse bewegte er sich schnell durchs

Wasser bis zu der Nische, in der die Gestalt hockte. Er sprach kurz mit dem Wesen. Dann drehte er sich um und machte den Freunden ein Zeichen näher zu kommen.

Vorsichtig tasteten sie sich über die feuchten, rutschigen Felsen, bis sie schließlich in der dunklen Nische standen. Zack flog von Sebastians Schulter.

Als Selinas Augen sich an die hier herrschende Dunkelheit gewöhnt hatten, erkannte sie, dass es sich bei der Gestalt um eine Meerjungfrau handelte. Ihre Schwanzflosse hing schlaff in eine Wasserpfütze, die sich zwischen den Felsen gebildet hatte. Diese Meerjungfrau hatte wenig Ähnlichkeit mit den wunderschönen Wesen, die sie draußen auf den Felsen gesehen hatten. Zwar waren ihre Haare ebenfalls lang, aber nicht golden und seidig, sondern völlig verfilzt und schimmelgrün.

Während Selina sie ansah, hob die Meerjungfrau den Kopf und erwiderte traurig ihren Blick.

Ihre smaragdgrünen Augen wirkten beinahe leblos. Dann streckte sie die Hand aus. Es war eine hilflose, mitleiderregende Geste.

„Jolana?“, flüsterte Selina unsicher und ergriff ihre Hand. Die Haut fühlte sich weich an, war zugleich aber feucht und kalt.

Die Meerjungfrau nickte schwach.

„Ich bin Selina und die anderen beiden sind Sebastian und Zack“, stellte Selina sich und ihre Freunde vor.

„Wir sind gekommen, um dir zu helfen“, sagte Sebastian nun, während der Rabe zustimmend krächzte.

„Ich schäme mich so“, flüsterte Jolana und entzog Selina ihre Hand.

Ihre Stimme war so leise und schwach, dass die drei sich anstrengen mussten, um ihre Worte zu verstehen.

„Ich möchte nicht, dass irgendjemand mich so sieht ... mit Ausnahme von Miro. Er ist ein guter Meerjunge. Er bringt mir etwas zu essen. Ohne ihn wäre ich schon tot. Ich kann nämlich nicht mehr schwimmen, wisst ihr ...“

„Wir werden dir helfen“, versprach Selina. „Wir bringen dich ins Wasser ...“

„Nein“, sagte Jolana, „du verstehst das nicht. Mein Haar ist inzwischen so verfilzt und schwer, dass es mich in die Tiefe ziehen würde. Ich muss es erst kämmen."

„Genau deswegen sind wir ja hier", sagte Sebastian zuversichtlich. „Wir werden herausfinden, wer deinen Kamm gestohlen hat und ihn dir zurückzubringen."

„Das haben mir bereits die Delfine erzählt", sagte die Meerjungfrau Jolana und seufzte. „Es ist so lieb von euch, dass ihr gekommen seid, um mir zu helfen, aber ich glaube, dass eure Reise leider umsonst war."

„Wie kommst du denn darauf?", fragte Zack mit schief gelegtem Kopf.

„Ich befürchte, dass der Dieb meinen Kamm an einen Ort gebracht hat, wo ihr nicht hinkommt."

„Ach, weißt du, eigentlich können wir fast überall hin", sagte Zack und versuchte dabei, lässig zu wirken.

„Zack, würdest du jetzt bitte mal den Schnabel halten", fuhr Sebastian ihn an.

„Okay." Eingeschnappt drehte der Rabe ihnen den Rücken zu.

„Warum glaubst du, er könnte an einem Ort

sein, wo wir nicht hingelangen?", fragte Sebastian die Meerjungfrau.

„Weil ihr dort nicht atmen könnt", sagte sie hoffnungslos. „Ich fürchte, mein Kamm befindet sich auf dem tiefsten Grund des Meeres. Versteht ihr?"

„Wenn das so ist, hast du völlig Recht", sagte Zack und wandte sich um. „Ich erzähle den beiden schon die ganze Zeit, dass ich verdammt noch mal ein Vogel bin und kein Fisch!"

„Natürlich gibt es einen Weg, wie wir auf den Meeresboden kommen können", sagte Sebastian ruhig, ohne Zack zu beachten.

Jolana hob den Kopf und schaute Sebastian erstaunt an. „Aber wie wollt ihr das anstellen?"

Selina, die verstanden hatte, was Sebastian meinte, antwortete an seiner Stelle: „Sebastian besitzt Zauberkräfte", flüsterte sie Jolana zu.

„Zauberkräfte?" Die Augen der Meerjungfrau wurden groß.

„Ja." Selina nickte und ihre rötlichen Locken hüpften dabei wie wild auf und ab. „Sebastian ist der Lehrling von Zenobius, dem Herrn der Wünsche. Zenobius hat ihm zwei Zaubersprüche mitgegeben, die ihm helfen sollen, deinen Wunsch zu erfüllen."

Jetzt trat Sebastian einen Schritt vor und ergriff das Wort. „Ich habe mich vorhin schon gefragt, ob wir den ersten Zauberspruch brauchen, um uns unter Wasser bewegen zu können. Wenn es stimmt, dass wir auf der Suche nach deinem Kamm auf den Grund des Meeres reisen müssen, war meine Vermutung richtig."

„He, wartet mal einen Moment." Zack trippelte mit erschrockener Miene auf seine Freunde zu. „Das gefällt mir alles gar nicht. Ich habe euch doch schon gesagt, dass ich es nicht leiden kann, wenn meine Federn nass werden."

„Wenn das so ist, solltest du uns besser nicht begleiten, Zack", sagte Sebastian entschieden.

„Aber Zenobius hat es ihm befohlen", erinnerte ihn Selina mit zittriger Stimme. „Er sagte, Zack könne uns helfen."

„Wenn er weiter nur rumjammert, ist er uns bestimmt keine große Hilfe." Sebastian schnaubte.

„Ich kann verstehen, dass er sich Sorgen macht", sagte Jolana plötzlich.

„Wenigstens einer versteht mich", sagte Zack.

Dann aber sah er die Meerjungfrau neugierig an. „Äh … und warum kannst du mich verstehen?“

„Ich kann mir vorstellen, dass ein so schöner Vogel wie du Angst um seine prachtvollen Federn hat“, antwortete sie.

„Oh?“, krächzte Zack und legte geschmeichelt den Kopf schief.

„Dieser schöne bläuliche Schimmer auf deinem Gefieder muss unter allen Umständen erhalten bleiben“, fügte Jolana hinzu.

„Ach, wirklich?“, fragte Zack voller Stolz.

„Wir könnten dich mit einem speziellen Öl einreiben, um es vor dem Salzwasser zu schützen“, sagte Jolana.

„Ich glaube, du musst dir nicht solche Umstände machen“, schaltete sich Sebastian ein. „Wenn Zack nicht ins Wasser will, kann er wieder nach draußen fliegen und bei den Möwen auf uns warten.“

„Das sind doch keine Umstände“, wehrte Jolana ab. „Aber wenn er wirklich nicht ins Wasser will, hätten die Möwen bestimmt nichts gegen seine Gesellschaft.“

„Ist schon in Ordnung“, krächzte Zack hastig.

„Ich hab's mir anders überlegt. Ich komme mit. Bei den Möwen bleibe ich auf keinen Fall. Diese eingebildeten Flatterviecher mochte ich noch nie. Da komme ich tausendmal lieber mit euch unter Wasser. Und wenn wir durch den Zauberspruch atmen können und Jolanas Öl mein prächtiges Gefieder schützt …"

„Gut, das wäre also geklärt. Könnten wir jetzt bitte Wichtigeres besprechen?", unterbrach Sebastian ihn ungeduldig.

Jolana wandte sich an Miro. „Würdest du bitte eine kleine Erfrischung und Unterwasserkleidung für unsere Freunde besorgen?", bat sie ihn.

Der Junge nickte. Wieder huschte ein schüchternes Lächeln über sein Gesicht. Er ließ sich ins Wasser gleiten und verschwand.

„Er redet nicht viel, was?", meinte Zack mit schief gelegtem Kopf.

„Vielleicht solltest du dir von Miros zurückhaltener Art eine Scheibe abschneiden", erwiderte Sebastian spitz.

„Na, das ist ja mal wieder reizend!", schnaubte Zack empört.

„Während wir auf Miro warten, könntest du

uns doch von deinem Kamm erzählen, Jolana, und wie er gestohlen wurde", schlug Sebastian vor.

„Hey, cool", mischte Zack sich ein. „Ich wollte immer schon mal Detektiv spielen. Ups, 'tschuldigung", fügte er hastig hinzu und verstummte, als Sebastian ihm einen bösen Blick zuwarf.

„Wann hast du ihn das letzte Mal gesehen?", wollte Sebastian wissen.

„Er ist jetzt seit zehn Monden verschwunden."

„Und wo hattest du den Kamm aufbewahrt?", fragte Selina, während ihr Blick durch die Höhle wanderte.

„In meinem Haar", antwortete Jolana.

„In deinem Haar?", rief Selina. „Willst du damit sagen ...?"

„Wer auch immer ihn gestohlen hat, hat ihn genommen, während ich schlief", ergänzte die Meerjungfrau, während die Freunde sie erstaunt ansahen.

„Aber wie ist derjenige hier hereingekommen?" Selina blickte zurück auf den schmalen Pfad, der sie hergeführt hatte.

„Diesen Weg kann er nicht genommen haben",

antwortete Jolana, als hätte sie ihre Gedanken gelesen. „Miro hat nämlich zusammen mit den anderen Meerkindern im Wasserbecken in der großen Höhle gespielt. Ein Eindringling wäre ihnen sofort aufgefallen."

„Aber dann …", sagte Selina.

Jolana schaute nach unten und die anderen folgten ihrem Blick.

„Das Becken?", fragte Sebastian. „Du meinst, der Dieb ist durchs Wasser gekommen?"

Jolana nickte. „Unter Wasser gibt es zwischen den Felsen viele Durchgänge, die bis zum Grund des Meeres führen. Man kann sich dort auch gut verstecken."

Einen Moment lang grübelten die Freunde schweigend über Jolanas Worte nach. Schließlich wandte Sebastian sich wieder an die Meerjungfrau.

„Hast du irgendeine Idee, wer es gewesen sein könnte?"

„Nein, leider nicht." Jolana seufzte tief.

„Der Herr der Wünsche sagte mir, es hätte in dieser Gegend in letzter Zeit häufiger Ärger mit einer Bande Garnelen, mit Barrakudas, Teufelsfischen und mit Stechrochen gegeben“, murmelte Sebastian nachdenklich. „Könnte es vielleicht jemand von denen gewesen sein?“

„Schon möglich“, erwiderte Jolana, klang aber sehr skeptisch.

„Die Delfine haben uns erzählt, dass vor einiger Zeit ein Meerbaby gestohlen wurde“, fuhr Selina fort.

„Ja, das stimmt“, sagte Jolana. „Damals war ich selbst noch ein Baby. Der Name des Kindes war Arian. Wir waren füreinander bestimmt und sollten später einmal heiraten. Aber er wurde entführt und seitdem hat niemand mehr eine Spur von ihm gesehen.“

„Das ist wirklich furchtbar“, sagte Selina mitfühlend.

„Wisst ihr, wer ihn entführt hat?“, fragte Sebastian.

Jolana schüttelte den Kopf.

„Könnte es vielleicht derselbe gewesen sein, der deinen Kamm geklaut hat?“, fragte Zack.

„Ich weiß es nicht“, murmelte Jolana und ihre Augen füllten sich mit Tränen.

„Dann wirst du also jemand anderen heiraten?“, fragte Selina außer Atem und verschränkte vor Aufregung ihre Hände ineinander.

„Nein“, erwiderte Jolana. „Wir vom Meervolk können nur mit demjenigen vermählt werden, dem wir bei unserer Geburt versprochen wurden. Und da ich fürchte, dass Arian nicht mehr lebt, werde ich wohl nie heiraten.“

„Ist das traurig!“ Selina schluckte und versuchte, die Tränen wegzublinzeln.

„Gibt es denn jemanden, der wissen könnte, wer deinen Kamm gestohlen hat?“, erkundigte sich Sebastian mit Verzweiflung in der Stimme. „Irgendjemanden?“

„Ja, ihr könntet Lucius fragen“, antwortete Jolana. „Er sieht vieles, und was er nicht sieht, das kommt ihm zu Ohren.“

„Wer ist dieser Lucius?“, wollte Zack wissen.

„Ein Hummer“, erklärte Jolana.

„Und wo lebt er?“, fragte Selina.

„In einem der Durchgänge, die zum Meeresgrund führen.“

„Ich glaube, es wird höchste Zeit, dass wir den ersten Zauberspruch einsetzen“, sagte Sebastian.

„Hoffentlich erinnert er sich an die Worte“,

flüsterte Selina Zack zu. „Es wäre eine Katastrophe, wenn er sich ausgerechnet bei diesem vertut."

„Das kannst du laut sagen", krächzte Zack und blickte voller Panik auf das türkisfarbene Wasser.

Auf dem Grund des Meeres

„Vielleicht könnten wir den Zauberspruch zusammen aufsagen, Selina“, murmelte Sebastian ein wenig verlegen. „Damit jetzt wirklich nichts schiefgeht.“

„Klar“, erwiderte seine Freundin, während Zack vor sich hingackerte.

Selina warf dem Raben einen finsteren Blick zu, der daraufhin beschämt den Kopf unter seinen Flügel steckte.

Während sie sich fest an den Händen hielten, traten Sebastian und Selina an den Rand des Wasserbeckens, sahen sich dann tief in die Augen und konzentrierten sich.

Jolana und Zack schauten aufgeregt zu, als das Mädchen und der Zauberlehrling begannen, den ersten Spruch aufzusagen.

„Zalleria, Zallaria, Zalliski,
mächtiger Aquamarin im Meer,
Zaconda, Zacanda, Zaciski,
schickt Euer türkises Feuer her!"

Als die Worte in der Höhle widerhallten, ließ Sebastian Selinas Hand los. Er trat einen Schritt vor und streckte seinen Arm in die Höhe.

Plötzlich erschien wie aus dem Nichts ein blendend heller Lichtstrahl. Er fing sich in dem Aquamarin des Rings, den Sebastian trug. Der türkisfarbene Blitz erleuchtete die ganze Höhle.

„Durch diesen Zauber sollen Selina, Zack und ich die Fähigkeit erhalten, unter Wasser atmen zu können", rief Zenobius' Lehrling mit fester, lauter Stimme.

Es blitzte ein zweites Mal auf, nicht so grell wie zuvor, doch immer noch hell genug, um die Höhle in ein zartes Licht zu tauchen.

Selina hätte für ihr Leben gern gewusst, ob der Zauber funktioniert hatte, aber in diesem Moment kam Miro, der Meerjunge, zurück. Er trug eine große Perlmuttschale, auf der sich exotische Früchte türmten.

Selina stellte mit einem Mal fest, dass sie riesigen Hunger hatte. Das hatte sie vor lauter Aufregung gar nicht bemerkt. Zaubersprüche und das bevorstehende Unterwasserabenteuer waren für einen Moment vergessen, denn sofort machten sich die Freunde über die köstlichen Früchte her.

Während sie aßen, verschwand Miro wieder. Wenig später kehrte der Meerjunge mit einem Tablett zurück, auf dem sich ordentlich zusammengefaltete Kleidungsstücke und ein grünes Ölfläschchen mit einem Glasstöpsel befanden.

Als die Freunde mit dem Essen fertig waren, winkte Jolana Selina zu sich. Miro ging mit Sebastian und Zack in die angrenzende Nische.

„Bitte zieh das hier an", sagte Jolana höflich und reichte Selina eins der Kleidungsstücke. „Das ist unter Wasser nicht nur viel bequemer, sondern auch unentbehrlich. Deine eigenen Sachen würden dich nämlich nach unten ziehen."

Allzu gern entledigte sich Selina ihrer Schuluniform und stieg in den eng anliegenden Overall, der fast ihren gesamten Körper bedeckte. Er hatte die gleiche blau-grüne Farbe wie Jolanas Schwanzflosse und war aus einem schimmernden

Material, das sich auf ihrer Haut kühl und zugleich weich anfühlte.

Nachdem sich Selina umgezogen hatte, entdeckte sie in einem langen, ovalen Spiegel am Ende der Nische ihr Bild. Einen Moment lang konnte Selina kaum glauben, dass sie das war. Der Overall stand ihr gut. Sie konnte sich nicht erinnern, sich in einem Kleidungsstück jemals so wohlgefühlt zu haben.

Als Selina aus der Nische trat, wurde sie bereits von Sebastian und Zack erwartet. Sebastian trug den gleichen Anzug wie sie. Selina fand, dass er darin noch größer und besser aussah. Zacks eingeöltes Gefieder glänzte wie Seide. Er machte einen erstaunlich gut gelaunten Eindruck.

„Halloooo!“, zwitscherte Zack beim Anblick von Selina. „Du siehst ja aus wie eine kleine Meerjungfrau.“

Sebastian lächelte sie an und Selina spürte an ihren heißen Wangen, dass sie rot wurde.

Sebastian grinste und sagte: „Ich denke, wir sollten jetzt aufbrechen.“

„Oh, oh!“, krächzte Zack. „Na, dann mal los. Der Moment der Wahrheit ist gekommen!“

„Was soll das denn heißen?“, fragte Sebastian.

„Wir wollen mal sehen, ob du den Zauberspruch richtig aufgesagt hast“, meinte Zack, beugte sich vor und blickte in das türkisgrüne Wasser.

„Natürlich habe ich das“, sagte Sebastian selbstsicher.

„Dann hast du doch sicher nichts dagegen, als Erster abzutauchen! Oder, Kumpel?“, krächzte Zack.

Als der Rabe den Kopf noch weiter vorstreckte und dabei sein Spiegelbild im Wasser entdeckte, krächzte er selbstverliebt: „Ich hatte ganz vergessen, was für ein gut aussehender Kerl du bist. Dieser neue Look steht dir gar nicht schlecht …“

„Natürlich gehe ich als Erster“, unterbrach ihn Sebastian. „Damit habe ich überhaupt kein Problem.“ Er holte tief Luft, hob die Arme über den Kopf und machte sich bereit zu springen.

„Oh, Sebastian, du bist doch vorsichtig, nicht wahr?“, sagte Selina besorgt.

„Wie meinst du das? Was soll denn passieren?“ Sebastian richtete sich wieder auf und warf ihr einen kühlen Blick zu.

„Wenn du da unten keine Luft kriegst, kommst du sofort wieder hoch, ja?“, bat ihn Selina mit fester Stimme.

„Du glaubst also auch, dass der Zauberspruch nicht gewirkt hat?“, sagte er vorwurfsvoll.

„Nein, er hat bestimmt gewirkt“, widersprach Selina ihrem Freund. „Aber man weiß ja nie … Sei bitte trotzdem vorsichtig.“

Im nächsten Moment tauchte Sebastian mit einem eleganten Sprung ins Becken. Die anderen starrten auf die Wasseroberfläche und warteten voller Spannung auf seine Rückkehr.

„Tja“, sagte Zack nach einer unerträglich langen Zeit, „entweder schaut er sich da unten sehr gründlich um oder ihm ist etwas Schlimmes zugestoßen …“

„Das darfst du nicht mal denken!“, rief Selina entsetzt.

„Schon gut!“ Zack schlug sichtlich nervös mit den Flügeln. Mehr konnte der Vogel dazu auch gar nicht sagen, denn Sebastian schoss plötzlich aus dem Wasser. Er lachte aus vollem Halse und wischte sich die Wassertropfen aus den Augen.

„Es ist herrlich da unten!“, rief er ihnen zu.

„Einfach wundervoll! Kommt schon, ihr beiden! Ihr habt nichts zu befürchten. Vertraut mir!"

Nun bereiteten sich Selina und Zack zögernd darauf vor, ins Becken zu springen.

Sebastian wandte sich an Jolana und sagte: „Wir werden deinen Kamm finden und ihn dir zurückbringen. Das verspreche ich dir."

„Miro wird euch bis zu Lucius, dem Hummer, begleiten", erwiderte Jolana. „Auf Wiedersehen und vielen, vielen Dank ..."

Sebastian hat Recht, dachte Selina, als sie sich voller Erstaunen umblickte. Unter der Meeresoberfläche befand sich eine andere, wunderschöne Welt.

Trotz des funkelnden grünen Wassers konnte sie alles ganz deutlich sehen. Es war kein bisschen trüb oder düster, wie sie befürchtet hatte. Zunächst fand es Selina seltsam, im Wasser atmen zu können, aber überhaupt nicht unangenehm. Selina war froh, dass sie das Schwimmen und Tauchen in der Schule gelernt hatte. Sie hatte keine Probleme, bei Sebastians Tempo mitzuhalten. Zack hingegen bot einen unglaublich witzigen Anblick. Wie wild mit den Flügeln paddelnd versuchte er, seine Freunde einzuholen.

Um sie herum wuchsen Pflanzen in allen erdenklichen Farben und Formen. Manche hatten rosarote Blüten und stachlige Blätter. Andere waren orangefarben und hatten lange Wedel, die um die Freunde herumtanzten, als diese in die Tiefe hinabglitten.

Und dann waren da noch unzählige Fische: große und kleine, gestreifte und gepunktete, einige mit dunklen, bunten oder hell leuchtenden Schuppen. Ein paar schwammen alleine durchs Wasser und flitzten flink zwischen dem Seetang herum, die meisten aber huschten in großen Schwärmen an Selina und ihren Freunden vorbei. Oft tauchten sie so plötzlich vor ihnen auf, dass sie erschrocken zusammenzuckten.

Schließlich sanken die drei auf den weichen, sandigen Meeresboden mit seinen lilablauen Felsen und den spitzen, feuerroten Korallenriffen. Hier gab es außergewöhnliche Muscheln. Sie waren größer und schöner als alle, die Selina jemals an dem Strand gesehen hatte, zu dem ihre Eltern mit ihr in den Sommerferien fuhren. Dann entdeckte sie Seesterne und beobachtete Krebse, die blitzschnell vor den Freunden flohen. Auf dem Meeresgrund wuchsen Pflanzen mit braunen Wedeln, die an Bänder erinnerten. Sie hatten glitschige, grüne Blätter.

Miro schwamm voraus und blickte wachsam von links nach rechts. Seine goldblonden Locken bauschten sich auf. Von Weitem sah es so aus, als trüge er einen Heiligenschein.

Zack war so still wie schon lange nicht mehr. Er schien von dieser Umgebung völlig überwältigt zu sein.

Schließlich stoppte Miro und winkte die anderen herbei, dann verschwand er in einer Felsspalte.

„Komm, Selina", sagte Sebastian und nahm ihre Hand. Hier im Wasser klang seine Stimme fremd. Die beiden folgten dem Meerjungen durch eine Öffnung zwischen den Felsen. Zack beeilte sich, dicht hinter ihnen zu bleiben.

Hier ist das Meer nicht mehr so klar, dachte Selina, während sie versuchte, im trüben Wasser irgendetwas zu erkennen. Plötzlich tauchten riesengroße Fische vor den Freunden auf und starrten sie lange an. Dann wandten sie sich wieder ab und schossen mit einem kraftvollen Flossenschlag davon. Diese Fischart war wohl eine sehr neugierige.

Nach einer Weile hielt Miro erneut an. Diesmal vor einem Gegenstand, der aussah wie ein großer Käfig. Er hing zwischen zwei Korallenstämmen.

„Lucius?", rief er. „Bist du da?"

„Das ist ja ein alter Hummerkorb", Selina fand, dass sogar ihre eigene Stimme hier unten merkwürdig fremd und wie ein Blubbern klang.

Im nächsten Moment blickte ein riesiger grünlicher Hummer zwischen den Stäben des Käfigs zu ihnen auf. Seine Scheren sahen bedrohlich aus.

„Ja?", sagte er barsch. „Was wollt ihr? Bist du das, Miro?" Er musterte den Meerjungen. „Was machst du denn hier?"

„Ich habe diese drei zu dir gebracht. Sie wollen dich sehen", antwortete Miro. „Dies ist Sebastian, der Lehrling von Zenobius, dem Herrn der Wünsche. Und das ist Selina, seine Freundin."

„Ä-häm!", hüstelte Zack.

„Oh, entschuldige bitte", sagte Miro. „Dies ist Zack, der Rabe."

„Er sieht aber nicht aus wie ein Rabe", entgegnete der Hummer misstrauisch.

Selina drehte sich um und betrachtete Zack. Lucius hatte Recht: Mit seinen klatschnassen Federn, die den scharfen Schnabel besonders hervortreten ließen, wirkte Zack eher wie einer dieser Schwimmvögel. Selina musste ein Kichern unterdrücken, weil er sie an einen Kormoran erinnerte.

„Was hast du denn erwartet?" Zack war außer sich. „Natürlich sehe ich unter Wasser nicht aus wie sonst. Ich sage doch schon die ganze Zeit, dass wir Raben im Meer nichts zu suchen haben. Aber hört mir überhaupt jemand zu?" Er musterte den Hummer von oben bis unten. „Ich wüsste gerne mal, wie du dich an Land fühlen würdest!"

„Dass ich an Land gehe, ist sehr unwahrscheinlich", brummte der Hummer. „Ich habe nämlich wahnsinnige Höhenangst. Also würde ich kaum so dumm sein ..."

„Nur zu deiner Information“, unterbrach ihn Zack, „mir blieb keine Wahl. Ich musste näm…“

Doch nun mischte Miro sich in das Gespräch ein und schnitt Zack das Wort ab. „Die drei hoffen, dass du ihnen helfen kannst.“

„Wartet einen Moment“, sagte der Hummer. „Ich komme raus.“

„Wie ist das denn möglich?“, flüsterte Selina. „In diesen Körben werden Hummer doch sonst immer gefangen gehalten.“

„Dieser nicht“, gab ihr Miro leise zur Antwort. „Er hat seinen Freund, den Schwertfisch, gebeten, das Seil durchzuschneiden. Und dann hat er ihn überredet, eine Tür in den Hummerkorb zu sägen. Seitdem lebt er darin.“

Wie um Miros Worte zu bestätigen, schwang eine Tür in der Seitenwand des Korbs auf und Lucius schlüpfte hinaus.

„So höre ich euch besser“, sagte er. „Also, was kann ich für euch tun?“

„Es geht um Jolana“, erklärte der Meerjunge.

„Um deine Tante?“ Der Hummer sah erschrocken aus. „Was ist denn mit ihr?“

„Ihr Kamm wurde gestohlen“, sagte Miro.

„Ach, du dickes Ei!“ Der Hummer schwenkte aufgebracht seine Scheren durch die Luft. „Das ist wirklich ein ernsthaftes Problem. Was wird sie denn jetzt tun?“

„Darum sind wir hier“, schaltete sich Sebastian in das Gespräch ein. „Jolana hat sich gewünscht, ihren Kamm zurückzubekommen, und Zenobius, der Herr der Wünsche, hat uns losgeschickt, um ihr diesen Wunsch zu erfüllen.“

„Zenobius, sagst du?“, murmelte der Hummer nachdenklich. „Ich habe schon von ihm gehört. Er ist berühmt für seine Zauberkunst, sogar hier unten. Wie kann ich euch denn nun weiterhelfen?“

„Der Kamm wurde vor zehn Monden gestohlen“, erklärte Miro. „Wir wüssten gerne, ob du damals etwas mitbekommen hast?“

„Vor zehn Monden?“, wiederholte der Hummer. „Lass mich mal überlegen …“ Schließlich schüttelte er den Kopf. „Nein, ich glaube nicht … Oh, Moment! Jetzt, wo ich genauer darüber nachdenke … Ich glaube, da war doch was.“

„Und das wäre?“, fragte Selina.

„Barrakudas“, antwortete der Hummer.

„Barrakudas?“, flüsterte Miro. Das Entsetzen in seinen Augen war nicht zu übersehen.

„Ja.“ Ganz in Gedanken versunken, klapperte der Hummer mit seinen Scheren. „Es war schon nach Mitternacht“, fuhr er mit gesenkter Stimme fort. „Ein ganzer Schwarm von ihnen. Es sah aus, als wäre der Teufel hinter ihnen her. Sie flitzten in null Komma nichts hier vorbei, und ich habe mich noch gefragt, wo sie wohl hinwollten. Ich muss zugeben, es ging mir durch den Kopf, dass sie mitten in der Nacht bestimmt nichts Gutes im Schilde geführt haben.“

„Glaubst du, sie könnten Jolanas Kamm gestohlen haben?“, fragte Selina.

„Dieser Bande würde ich wirklich alles zutrauen“, antwortete der Hummer in einem verächtlichen Tonfall.

„Aber wofür brauchen sie Jolanas Kamm?“, fragte Sebastian stirnrunzelnd. „Haben Barrakudas überhaupt Haare?“

„Natürlich nicht“, schnaubte Lucius tadelnd. „Wahrscheinlich kommt er in ihre Schatztruhe. Die Raubfische müssen mittlerweile steinreich sein. Sie haben eine Unmenge an Wertgegenständen zusammengeklaut. Aber vielleicht verkaufen sie den Kamm auch für einen hohen Preis auf dem Schwarzmarkt."

„Das verstehe ich aber nicht", sagte Selina. „Nur die Meerjungfrau, der er gehört, kann doch etwas damit anfangen."

„Sammler haben durchaus Interesse daran", erwiderte der Hummer. „Und die Barrakudas wissen das."

„Und wo finden wir diese raffgierigen Fische?", fragte Zack. „An welchen Orten treiben sie sich normalerweise herum?"

„Sie leben in der Regenbogenlagune", antwortete Lucius.

„Kannst du uns dort hinbringen?", fragte Sebastian.

„Kommt nicht infrage." Lucius schüttelte den Kopf und fuhr mit wehleidiger Stimme fort: „In letzter Zeit verlasse ich meinen Korb nicht mehr sehr oft. Ich habe nämlich Rheuma in meinen Scheren. Aber ich werde euch gerne den Weg zur Regenbogenlagune erklären. Ihr müsst allerdings vorsichtig sein. Diese Barrakudas sind machthungrig und brutal."

„Ich fürchte, ich kann euch auch nicht weiter begleiten“, sagte Miro. „Ich muss dringend zu Jolana zurück. Aber Lucius wird euch alles erzählen, was ihr wissen müsst.“

„Sieht so aus, als wären wir ab jetzt auf uns allein gestellt.“ Selina seufzte.

„Das ist doch nichts Neues!“, krächzte Zack und zog die Flügel hoch.

Der Schatz

Die Freunde verabschiedeten sich von Miro und dem Hummer und winkten ihnen hinterher.

Auf der Suche nach der Regenbogenlagune, wo die gefährlichen Barrakudas zu Hause waren, schwammen sie weiter durch die schöne Unterwasserwelt.

Nach längerer Zeit wurde Selina ein wenig müde und fragte sich, wie weit es wohl noch war.

Plötzlich stoppte Zack, der seinen Freunden vorausgeeilt war, wendete hastig und flitzte zu ihnen zurück.

„Warum kommst du zurück? Was ist denn los?“, fragte Sebastian alarmiert.

„Das wüsste ich auch gerne“, antwortete Zack. „Da vorne gibt’s jedenfalls einen Riesenwirbel. Und was immer es ist: Es bewegt sich – und zwar in unsere Richtung. Wir sollten lieber in Deckung gehen. Na los, schnell hinter dieses Riff!“

Zusammen hasteten sie hinter das nächste Korallenriff und kauerten sich auf den Meeresboden. Der Tumult schien näher zu kommen, denn die Geräusche wurden lauter.

„Das klingt ja nach einem Kampf“, flüsterte Selina.

„Da könntest du Recht haben“, stimmte Sebastian ihr zu. Dann packte er sie erschrocken am Arm und stieß hervor: „Du hast Recht! Sieh doch mal!“

Ein unübersichtliches Gewimmel von Fischen tauchte in ihrem Blickfeld auf. Die Freunde beobachteten, wie die Tiere miteinander kämpften. Einige der Fische hatten flache, dreieckige Körper mit peitschenartigen Schwänzen, die zischten und knallten, wenn sie angriffen.

„Das sind Stechrochen“, flüsterte Selina. „Ich habe mir einmal für eine Hausaufgabe in Bio Bilder von ihnen im Internet angeschaut.“

„Und was sind die anderen für Fische?“, flüsterte Sebastian zurück. „Sie scheinen etwas kleiner zu sein, aber auf alle Fälle genauso brutal.“

„Das weiß ich leider nicht“, erwiderte Selina. „Die sehen jedenfalls richtig fies aus. Guck mal, wie scharf ihre Zähne sind.“

In diesem Moment schwammen zwei der Fische, die sich ineinander verbissen hatten, genau auf ihr Versteck zu. Sie waren verletzt. Um die Freunde herum färbte sich das Wasser blutrot.

„Auweia!“, krächzte Zack angsterfüllt und hielt beide Flügel schützend über den Kopf. „Höchste Zeit für den zweiten Zauberspruch, Kumpel! Meinst du nicht auch?“

„Sei ruhig!“, zischte Sebastian ihm zu. „Wir können den anderen Zauberspruch jetzt noch nicht einsetzen.“

„Ach, und wie sollen wir deiner Meinung nach hier wieder rauskommen?“, fragte Zack, während er durch eine Lücke zwischen den Korallen den erbitterten Kampf beobachtete, der vor ihnen tobte. „Einfach zwischen denen hindurchschwimmen und hoffen, dass sie uns gar nicht bemerken?“

„Wir warten ab, bis sie weg sind“, antwortete Sebastian, ohne auf Zacks spöttische Bemerkung einzugehen. „Bis jetzt haben sie uns nicht gesehen und bei dem Lärm, den sie veranstalten, können sie uns garantiert auch nicht hören. Wir haben also die Chance, dass sie uns gar nicht bemerken."

Der Kampf ging weiter. Die Freunde konnten von ihrem Versteck aus beobachten, dass die Fische mit den spitzen Zähnen den Stechrochen überlegen waren.

„Sie verschwinden!", flüsterte Sebastian erleichtert, als die Sieger bei der Verfolgung der noch verbliebenen Stechrochen schließlich an ihrem Korallenriff vorbeisausten.

„Meinst du, wir können es wagen?", fragte Selina nach einer Weile mit vor Angst weit aufgerissenen Augen.

Vorsichtig spähte Sebastian über das Riff. „Ja", sagte er schließlich. „Kommt, sie sind weg."

Vorsichtig verließen die drei ihren Zufluchtsort und schwammen weiter. Um sie herum war es plötzlich sehr, sehr still.

„All die anderen Fische und Meeresbewohner verstecken sich bestimmt noch", sagte Selina, die sich immer wieder ängstlich nach allen Seiten umblickte.

„Das kann man ihnen auch nicht verdenken", krächzte Zack. „Wer möchte schon gerne in so eine Schlacht hineingeraten?"

„Ich bin froh, dass wir den anderen Zauberspruch nicht einsetzen mussten", sagte Sebastian, der noch immer eine Gänsehaut hatte. „Es kann gut sein, dass wir ihn brauchen, *nachdem* wir den Kamm gefunden haben und nicht vorher."

Gemeinsam tauchten sie zügig durch das Meer. Weit und breit war von den anderen Lebewesen nichts zu hören oder zu sehen.

Dann wurde das Wasser plötzlich so trüb, dass es an einigen Stellen regelrecht milchig wirkte. Sie befanden sich in einer sehr felsigen Gegend. Von den hohen Steinbrocken hing Seetang in dicken, gewundenen Ranken bis auf den Meeresboden herab.

„Hier gefällt es mir nicht", flüsterte Selina. „Es ist unheimlich."

Um sie herum war es immer noch sehr ruhig und nichts bewegte sich.

Mit einem Mal tauchte in dem trüben Wasser vor ihnen ein riesiger Schatten auf. Erschrocken zuckten die Freunde zusammen.

„Ich werde verrückt!", krächzte Zack. „Was um alles in der Welt ist das denn?"

„Ein Schiff", meinte Sebastian erstaunt. „Oder vielleicht sollte ich besser sagen, das, was von ihm übrig ist. Jetzt ist es nur noch ein Wrack."

„Tatsächlich!", rief Selina und umklammerte Sebastians Hand, während sich der nervöse Zack auf ihre Schulter setzte. „Sieht aus wie eine dieser Galeonen, die es früher gab. Wir haben im Geschichtsunterricht etwas darüber gelernt. Sie wurden benutzt, um unermessliche Schätze zu transportieren und sind oft von Piraten angegriffen worden", erklärte das Mädchen ihren Freunden aus Zavania.

„Piraten?", murmelte Zack, der hellhörig geworden war. „Haben die damals nicht auch Papageien gefangen?"

„Ganz richtig." Sebastian sah zu ihm hinüber und lachte. „Und dann haben sie die bunten Vögel auf ihrer Schulter sitzen lassen. Das wäre doch auch ein Job für dich, Zack."

Mit einem entrüsteten Krächzen erhob sich der Rabe von Selinas Schulter.

„Ich finde, das Wrack sieht ganz schön gespenstisch aus“, sagte Selina langsam und kniff die Augen zusammen.

„Vielleicht spukt es dort ja“, murmelte Zack.

„Und wer, meinst du, könnte da herumgeistern?“, fragte Selina und musterte das Wrack beklommen. „Der Kapitän oder einer der Matrosen? Oder vielleicht sogar ein Pirat, der in einen Raum gesperrt worden war und sich nicht befreien konnte, bevor das Schiff unterging.“

„Hör sofort auf, Selina!“, krächzte Zack. „Mir stehen ja alle Federn zu Berge. Wahrscheinlich ist dort überhaupt niemand.“

„Es gibt nur eine Möglichkeit, das herauszufinden. Und damit meine ich nicht, dass wir weiterhin hier herumstehen und zum Schiff starren“, sagte Sebastian. „Folgt mir. Bleibt dicht zusammen und seid ganz leise. Wir wollen schließlich keinen Geist stören.“

Die Galeone lag zu einer Seite geneigt auf dem Meeresgrund. An den einst hohen, nun zerbrochenen Masten hingen noch die Fetzen der Segel. Der gewaltige vermodernde Schiffsrumpf war mit Entenmuscheln übersät und grün vor Algen. Am Bug konnte man gerade noch die Reste des Schiffsnamens in verschnörkelten goldenen Buchstaben erkennen.

„Die *Golddublone*“, flüsterte Selina richtig ehrfürchtig.

„Sie muss damals wunderschön gewesen sein“, sagte Sebastian leise. „Lasst uns näher heranschwimmen.“

Das Deck der einst so stattlichen Galeone war halb verrottet, in den Planken klafften große Löcher.

Kleine Fische, offensichtlich erschreckt durch das Auftauchen der Freunde, schossen aus dem Laderaum und flitzten durch das milchige Wasser in dunkle Öffnungen und Hohlräume des vermoderten Holzes, um sich zu verstecken.

„Dort geht's hinein“, flüsterte Sebastian und deutete auf eins der größeren Löcher.

„Oh Mann!“, jammerte Zack leise. „Hältst du das wirklich für eine gute Idee?“

„Ja“, erwiderte Sebastian. „Ich habe so ein Gefühl, dass wir hier einen Hinweis auf den verschwundenen Kamm finden.“

„Ich habe auch so ein Gefühl und das heißt Angst“, wisperte Selina.

„Du brauchst dich nicht zu fürchten“, sagte Sebastian beruhigend. „Ich passe auf dich auf.“

„Dieser Satz kommt mir irgendwie bekannt vor“, schnaubte Zack. „Allerdings sag ich den sonst immer zu dir, Sebastian. Wetten, dass ich mal wieder auf dich aufpassen muss?“

Doch Sebastian hörte dem Raben gar nicht zu, sondern schwamm mutig als Erster ins Innere der Galeone.

Dort war es dunkel – erkennbar waren nur die Umrisse von größeren Gegenständen. Wahrscheinlich handelte es sich dabei um die frühere Einrichtung des Schiffs, doch verrottet und vermodert wie die Möbel waren, sahen sie in dem schwachen Licht bedrohlich aus. Überall wirbelte Seetang umher, der an lange Haarsträhnen erinnerte.

Die Freunde schwammen aufmerksam weiter und blickten sich dabei immer wieder um.

Plötzlich krächzte Zack aufgeregt und versuchte, mit den Flügeln zu schlagen. Sebastian und Selina drehten sich schnurstracks um und flitzten zu ihm zurück.

„Was ist los, Zack?“, fragte Sebastian.

„Seht doch nur! Da drüben." Der Rabe starrte in eine Ecke des Laderaums. „Ein Schatz! Ein Schatz!"

Als Selina sich zur Seite drehte und seinem Blick folgte, verschlug es ihr im ersten Moment die Sprache. Dort stand eine Truhe mit rostigen Beschlägen.

Der geöffnete Deckel gab den Blick auf eine Unmenge von Goldmünzen, funkelnden Juwelen, sowie wertvollen Halsketten, Armbändern und Ringen frei.

„Oh!", rief Selina und schwamm auf die Truhe zu. Ihre Augen waren beinahe so groß wie Untertassen. Doch als sie die Hand nach dem Schatz ausstreckte, bemerkte sie aus dem Augenwinkel eine schnelle Bewegung. Während sie sich umdrehte, um zu sehen, was es war, schoss ein schlangengleicher Fangarm auf sie zu. Er umklammerte ihren Knöchel mit festem Griff.

Selina schrie vor Schreck. „Sebastian! Was ist das? Es hat meinen Fuß gepackt!"

Bevor Sebastian sich rühren konnte, schnellte ein zweiter Fangarm hervor und dann ein dritter. Die Arme bewegten sich suchend durchs Wasser, um weitere Körperteile von Selina zu fassen zu bekommen.

Doch Zack kam ihnen zuvor und rettete seine Freundin. Er stürzte nach vorn und stieß seinen scharfen Schnabel erbarmungslos immer wieder in den Fangarm, der Selina umklammert hielt.

Ein Wutschrei, der ihnen das Blut in den Adern gefrieren ließ, gellte durch das Wrack. Selina spürte, wie sich der Griff um ihren Knöchel lockerte. Dann verdunkelte sich das Wasser um sie herum. In Sekundenschnelle breitete sich eine undurchdringliche blauschwarze Flüssigkeit aus.

Selina schrie auf, als sie plötzlich nichts mehr sehen konnte. „Sebastian! Sebastian! Wo bist du?"

Sie erhielt jedoch keine Antwort. Selina spürte, wie Panik in ihr aufstieg. Es fühlte sich an, als würde etwas ihre Kehle zuschnüren. Als sie in dem dunkel gefärbten Wasser herumfuchtelte, merkte sie plötzlich, wie jemand nach ihrer Hand griff. Für einen entsetzlichen Moment dachte sie, es sei wieder einer dieser Fangarme, doch dann schlossen sich Finger um ihre eigenen. Zu ihrer unendlichen Erleichterung wurde ihr klar, dass es ihr Freund war.

„Sebastian ...!“, stieß sie hervor.

„Es ist alles in Ordnung“, versicherte er ihr. Seine Stimme beruhigte sie ein wenig.

„Wir müssen hier raus.“ Selina keuchte.

„Ja“, erwiderte Sebastian. „Wir benutzen den Zauberspruch. Komm, Selina. Lass uns ihn zusammen aufsagen. Jetzt!“

„Zambazin von Zizabar ...“

„Vergeudet nicht den Zauberspruch! Jetzt noch nicht!“ Der Ausruf kam von Zack. Sebastian und Selina erstarrten.

„Aber ...“, setzte Sebastian an.

„Verschwindet einfach! Schnell! Zurück an die Wasseroberfläche! Ich bin direkt hinter euch! Na los doch!“, krächzte der Rabe.

Selina und Sebastian überlegten nicht weiter, sondern tauchten hastig durch das blauschwarze Wasser.

Glücklicherweise hatten die Freunde die richtige Richtung gewählt, denn plötzlich wurde das Wasser wieder klarer. Sie entdeckten das Loch in den Planken und schlüpften hindurch. Mit kräftigen Schwimmzügen entfernten sie sich vom Wrack der *Golddublone* und bewegten sich immer weiter nach oben, bis sie schließlich prustend die Wasseroberfläche erreichten.

„Das war schrecklich“, stieß Selina hervor, während sie sich an Sebastian klammerte. Sie war völlig außer Puste. „Was war das bloß für ein Monster?“

„Weiß der Himmel!“, antwortete Sebastian. Er keuchte und wischte sich das Wasser aus den Augen. „Aber auf jeden Fall war es kein Geist.“

Als Selina sich ein wenig von dem Schock erholt hatte, sah sie sich neugierig um. Sie befanden sich in einer ruhigen, traumhaften Bucht mit smaragdgrünem Wasser. An dem weißen Sandstrand wiegten sich Palmen in der sanften Brise.

„Lass uns zum Ufer schwimmen“, sagte Sebastian. „Dort können wir uns erst einmal ein bisschen ausruhen.“

„Ist gut“, erwiderte Selina. Doch dann blickte sie sich erschrocken nach allen Seiten um und

fragte besorgt: „Wo ist denn Zack?“

„Der kommt bestimmt gleich. Mach dir keine Sorgen.“

Sebastian und Selina schwammen nebeneinander auf den Strand zu.

Wenig später stolperten die beiden erschöpft an Land und ließen sich unter einer Palme auf den weißen Sand fallen. Zwei Regenbogen waren über der Bucht zu sehen.

„Sieh doch nur, Sebastian!“, hauchte sie und zeigte nach oben. „Das hier muss die Regenbogenlagune sein!“

„Und somit auch das Zuhause der brutalen Barrakudas“, fügte Sebastian mit düsterer Miene hinzu.

„Glaubst du etwa, dass wir in der Galeone von einem Barrakuda angegriffen wurden?“, flüsterte Selina.

„Keine Ahnung“, antwortete Sebastian. „Am Strand kann er uns jedenfalls nichts mehr tun.“ Während er sprach, lag er mit weit ausgebreiteten Armen und geschlossenen Augen rücklings im Sand.

„Die Juwelen und Goldmünzen in der Truhe waren wahrscheinlich ihr Schatz!“, fuhr Selina aufgeregt fort. „Oh, Sebastian, vielleicht war Jolanas Kamm ja auch dabei.“

Sie schwieg einen Moment, schaute auf das Wasser und sagte dann besorgt: „Keine Spur von Zack. Er muss immer noch da unten sein. Was glaubst du, was mit ihm passiert ist?“

„Er hat gesagt, er sei direkt hinter uns. Normalerweise kann Zack sehr gut auf sich selbst aufpassen.“ Sebastian setzte sich auf, schirmte seine Augen mit einer Hand gegen das Sonnenlicht ab und blickte über die Lagune.

„Das weiß ich ja“, entgegnete Selina voller Unbehagen. „Aber ich befürchte, dass dieses schreckliche Ding ihn mit einem seiner Fangarme doch noch erwischt hat … Wir können Zack nicht einfach da unten lassen, Sebastian! Dieses Monster könnte ihn zu Tode quetschen! Ich halte das nicht aus! Wir müssen irgendetwas tun.“

Sebastians Miene wurde immer ernster. Er rappelte sich auf und ließ seinen Blick über die Wellen wandern.

Schließlich wandte er sich Selina zu. „Ich muss wieder runter“, sagte er.

„Ich komme mit“, erwiderte sie tapfer. Selina schauderte allein schon beim Gedanken daran, gleich durch das dunkle Wasser zurück zur unheimlichen Galeone zu tauchen. Denn dort lauerte noch immer dieses rätselhafte Wesen. Andererseits konnte sie den Gedanken nicht ertragen, dass Zack sich in Lebensgefahr befand.

„Nein“, sagte Sebastian scharf. „Du bleibst hier.“

„Was hast du vor?“

„Ich werde notfalls den zweiten Zauberspruch einsetzen, um Zack zu befreien.“

„Wenn das so ist, werde ich dich auf jeden Fall begleiten“, sagte Selina entschlossen. „Falls du auch nur ein Wort des Zauberspruchs vergisst, wird er nicht funktionieren.“

Sebastian zögerte einen Moment, dann sagte er: „Du hast Recht.“

Er nahm Selinas Hand und half ihr auf. Gemeinsam liefen sie zum Meer.

Oskar, der Riesenkrake

Das Meerwasser war noch immer von der seltsamen blauschwarzen Flüssigkeit gefärbt. Sie hatte sich sogar weiter ausgebreitet.

„Was könnte das bloß sein?“, flüsterte Selina. Sie hielt Sebastians Hand ganz fest, als sie auf das Wrack der *Golddublone* zuschwammen.

„Ich habe keine Ahnung“, gab Sebastian zu. „Aber man kann sich darin nur langsam fortbewegen. Dieses Zeug erinnert mich irgendwie an dichten Nebel. Nur mit dem Unterschied, dass es flüssig und dunkel ist.“

„Ich frage mich, ob sich Zack noch im Laderaum befindet“, sagte Selina besorgt, als der geisterhafte Umriss der riesigen Galeone vor ihnen aufragte.

„Ich mag gar nicht daran denken, was ihm

zugestoßen sein könnte“, erwiderte Sebastian. Plötzlich hielt er an und hob den Kopf.

„Was ist los, Sebastian?“, hauchte Selina.

„Hör doch mal. Dieses komische Geräusch. Was ist das?“, fragte Sebastian stirnrunzelnd.

„Ich höre nichts“, erwiderte Selina. „Oder, warte mal … das klingt ja wie Zack“, fügte sie atemlos hinzu. „Ja. Es ist Zack! Oh, Sebastian, es ist sein Krächzen! Was tut das grässliche Wesen ihm da bloß an?“

„Ich weiß es nicht“, antwortete Sebastian wutentbrannt. „Aber ich werde es herausfinden. Wer Zack verletzt, bekommt es mit mir zu tun!“

Dicht aneinandergedrängt näherten sie sich dem Wrack zum zweiten Mal und kletterten leise an Deck.

„Zack gibt immer noch diese schrillen Laute von sich“, flüsterte Selina. „Wahrscheinlich hält dieses Wesen ihn gefangen.“

„Moment mal“, murmelte Sebastian auf einmal. Beide lauschten angestrengt. „Er krächzt ja gar nicht“, stellte der Zauberlehrling fest. „Das darf doch nicht wahr sein! Er lacht!“

Empört stürmte Sebastian durch das große

Loch in den Laderaum, wo sie den Schatz entdeckt hatten. Selina konnte ihm kaum folgen, so schnell war der Junge.

Im Inneren des Wracks hockte ihr Freund Zack gemütlich auf einem stark vermoderten Holzpfosten. Es sah keineswegs so aus, als wäre er in Schwierigkeiten oder als würde ihn jemand gegen seinen Willen festhalten.

Selina schaute zur Truhe. Auf dem Schatz saß die seltsamste Kreatur, die sie jemals gesehen hatte. Sie war riesig, hatte kreisrunde Knopfaugen und einen unglaublich dicken schwarzen Körper mit acht Fangarmen.

„Zack, was machst du denn noch hier?“, rief Sebastian ziemlich sauer, während er gleichzeitig das unheimliche Wesen im Blick behielt.

„Oh, hey Leute! Ich hatte euch ganz vergessen!“ Zack legte den Kopf schief und betrachtete sie von oben bis unten. „Warum seid ihr eigentlich zurückgekommen?“

„Was glaubst du wohl?“ Sebastian war kurz davor zu explodieren.

„Wir haben uns Sorgen um dich gemacht, Zack“, schaltete sich Selina besänftigend ein.

„Wir dachten, dir wäre etwas passiert. Also sind wir zurückgeschwommen, um dich zu retten."

„Ach, tatsächlich?", krächzte der Rabe geschmeichelt.

„Sebastian wollte sogar den zweiten Zauberspruch einsetzen, um dir zu helfen", sagte Selina.

„Ich wusste ja gar nicht, dass du dich so um mich sorgst, Kumpel", krächzte Zack erstaunt.

„Das werde ich beim nächsten Mal nicht mehr tun! Darauf kannst du Gift nehmen!", fuhr ihn Sebastian wütend an. „Warum bist du uns nicht gefolgt? Was hast du dir bloß dabei gedacht, du dummer Vogel?"

„Jetzt reg dich doch nicht so auf", entgegnete Zack.

„Nur für den Fall, dass du es vergessen hast: Wir haben einen Wunsch zu erfüllen und du verschwendest unsere wertvolle Zeit!", stieß Sebastian zwischen zusammengebissenen Zähnen hervor.

„Ach, ich verschwende unsere Zeit? So siehst du das also?", krächzte Zack in herausforderndem Ton. „Weißt du was, du Schlaumeier? Ich habe in der letzten halben Stunde wahrscheinlich mehr zur Lösung unserer Aufgabe beigetragen als ihr beiden zusammen …"

„Wie meinst du das?", fragte Selina. Sie behielt das fremdartige Wesen im Auge und blieb außerhalb seiner Reichweite. Sie hatte nicht vergessen, wie es sich ihren Fuß geschnappt hatte.

Ohne auf Selinas Frage einzugehen, krächzte Zack: „Das ist Oskar." Der Rabe nickte der unförmigen Gestalt zu.

„Ist er ein Barrakuda?", fragte Sebastian.

Zack gackerte lauthals. „Wie kommst du denn darauf?"

„Während du hier unten dein Schwätzchen gehalten hast, haben wir herausgefunden, dass wir uns zufällig in der Regenbogenlagune befinden", sagte Sebastian jetzt ziemlich gereizt. „Und wie Lucius uns mitgeteilt hat", fügte Sebastian ernst hinzu, „leben die Barrakudas in der Regenbogenlagune."

„Das ist absolut richtig", krächzte Zack. „Genau genommen sind sie sogar hier im Wrack der *Golddublone* zu Hause. Stimmt's, Oskar?"

„So ist es." Das seltsame Wesen äußerte sich so unerwartet, dass Selina zusammenzuckte.

„Aber wenn er kein Barrakuda ist, was ist er dann?“, fragte Sebastian, während er die Kreatur von oben bis unten musterte.

„Er heißt Oskar“, sagte Zack wichtigtuerisch. „Oskar ist ein Riesenkrake.“

„Ist mir doch egal, wie sein Name ist.“ Selina schnaubte. „Er hat jedenfalls noch lange nicht das Recht, uns so sehr zu erschrecken.“

„Oskar hat nur seinen Job gemacht“, verteidigte Zack seinen neuen Freund. „Eigentlich ist er ein total harmloser Typ. Stimmt's, Oskar?“

„So ist es“, sagte der Riesenkrake.

„Und was, bitte schön, ist sein Job?“, fragte Sebastian naserümpfend.

„Oskar ist hier unten der Chef der Sicherheitstruppe und ein sehr guter Wächter“, antwortete Zack. „Er hat mich ganz schön in den Schwitzkasten genommen. Doch als er meinen spitzen Schnabel immer wieder zu spüren bekam, war er so beeindruckt, dass er wissen wollte, ob ich auch in diesem Gewerbe tätig bin. Ich habe ihm gesagt, dass es da durchaus einige Gemeinsamkeiten gibt.“

„Wovon redest du?“, fragte Sebastian.

„Nun ja, ich arbeite ja auch im Sicherheitsdienst …“

„Was?“, fragte Sebastian verblüfft.

„Ich sorge für die Sicherheit von keinem Geringeren als Zenobius, dem Herrn der Wünsche, im Ostturm des königlichen Palastes von Zavagenia. Das hat noch mehr Eindruck auf ihn gemacht!“

„Pah!“, schnaubte Sebastian, doch als Selina ihn sanft am Arm berührte, schien er sich etwas zu beruhigen. „Und für wen arbeitet er?“, fragte Sebastian und starrte dabei den Riesenkraken misstrauisch an.

„Na, für die Barrakudas natürlich“, meinte Zack. „Besser gesagt: Er hat für sie gearbeitet. Oskar hat nämlich gerade eben gekündigt. Nicht wahr, mein Freund?“

„So ist es“, sagte Oskar wieder.

„Echt? Warum das denn?“, fragte Selina ihn neugierig.

„Er sagt, dass er nicht weiter einen Schatz be-

wachen möchte, den die Barrakudas gestohlen haben. Oskar hat es außerdem satt, dass seine Arbeitgeber mit jedem Krieg führen. Außerdem sind sie gemein und zahlen ihm nicht genug. Übrigens: Die Fische, die vorhin mit den Stechrochen gekämpft haben, waren die Barrakudas."

„Auweia." Selina schaute ängstlich über ihre Schulter zur Öffnung im Laderaum. „Ich hoffe, sie kommen nicht so schnell zurück." Dann wandte sie sich an den Riesenkraken: „Herr Oskar, wissen Sie vielleicht, ob die Barrakudas Jolanas Kamm gestohlen haben?"

„So ist es", erwiderte der Krake.

„Und was haben sie mit ihm gemacht?", fragte Sebastian, der gleichzeitig versuchte, einen Blick auf den Schatz zu erhaschen. Dieser war unter dem gewaltigen Körper und den Fangarmen des Kraken kaum zu sehen. „Ist er bei den anderen Sachen in der Truhe?"

„Anscheinend nicht." Es war Zack, der Sebastian von seinem vermoderten Pfosten aus antwortete. „Das habe ich Oskar auch schon gefragt. Normalerweise wäre der Kamm zu den anderen Wertgegenständen in der Truhe gewandert, aber in diesem Fall war es ein wenig anders. Stimmt's, Oskar?"

„So ist es", sagte der Krake.

„Die Barrakudas haben den Kamm nämlich nicht für sich behalten, sondern weiterverkauft", fuhr Zack fort.

„Wisst ihr an wen?", fragte Sebastian, der von Zack zu dem Kraken und wieder zurück zu Zack schaute.

„Nein", antwortete der Rabe. „Aber Oskar weiß immerhin, in welche Gegend die Barrakudas den Kamm gebracht haben."

„Ach ja? Und wohin?", fragte Sebastian.

„In eine Stadt namens Tritonia", antwortete Zack wichtigtuerisch. „Diese Stadt war einst die Wiege einer großen Zivilisation."

„Und wo liegt diese Stadt?" Sebastian klang ungeduldig.

„Das kann uns Oskar erklären. Vor Tausenden von Jahren versank sie im Meer. Heutzutage spricht man von der ‚Verlorenen Stadt Tritonia'. Stimmt's, alter Junge?", krächzte der Rabe und sah seinen neuen Freund an.

„So ist es", sagte der Krake.

„Kann er uns hinbringen?", fragte Selina hoffnungsvoll.

Zack schüttelte den Kopf. „Oskar packt schon

seine Sachen. Er will weg sein, bevor die Barrakudas zurückkommen, sonst gibt es garantiert Ärger."

„Wo will Oskar denn hin?", erkundigte sich Sebastian.

„Er wird sich eine andere Arbeitsstelle suchen", erklärte Zack. „Aber vorher möchte er noch nach Hause und seine Mutter wiedersehen. Stimmt's, Oskar?"

„So ist es." Der riesige Krake seufzte lautstark.

„Oskar hat mir gesagt, wir sollten so schnell wie möglich von hier verschwinden", krächzte Zack wenig später.

Nachdem sie sich von dem Riesenkraken verabschiedet hatten, waren sie eilig davongeschwommen. „Er meinte, die Barrakudas würden bald zum Essen nach Hause kommen, und wenn wir dann noch nicht weg seien, würden wir mit Sicherheit als Fleischpastete auf ihrem Butterbrot landen."

Selina lief ein kalter Schauer über den Rücken.

„Die Barrakudas werden sehr wütend darüber sein, dass Oskar gekündigt hat", fuhr Zack fort. „Er war bestimmt der beste Wächter, den sie jemals hatten. Die Tinte, die er verspritzt, hält jeden Eindringling in Schach."

„Ach so, das blauschwarze Zeug war bloß Tinte?", fragte Sebastian erstaunt.

„Jawohl", sagte Zack. „Anscheinend haben Kraken Tinte im Körper, um sich damit verteidigen zu können. Praktische Sache. Ich habe Oskar gebeten, mir ein bisschen davon abzugeben." Als der Rabe den Kopf in den Nacken warf, entdeckte Selina eine Austernschale, die an einem Stück Seetang um seinen Hals hing.

„Wofür brauchst du die denn?", fragte sie ihn neugierig.

„Das lass mal meine Sorge sein." Zack zwinkerte ihr zu.

„Ich wüsste gerne, warum die Barrakudas den Kamm in die Verlorene Stadt Tritonia gebracht haben", sagte Selina.

„Tja, das konnte uns Oskar leider nicht sagen", krächzte Zack.

„Wahrscheinlich haben sie ihn an jemanden verkauft, der dort lebt", mutmaßte Selina. „Aber an wen?"

„Lucius erwähnte doch, dass Sammler an diesem Kamm interessiert sein könnten“, meinte Zack nachdenklich. „Vielleicht könnte das die Lösung sein.“

„Wäre möglich“, räumte Sebastian ein. „Aber ich denke, wir sollten jetzt mit dem Quasseln aufhören und uns auf den Weg machen. Wenn dein Freund Oskar Recht hat, ist Tritonia ziemlich weit weg. Das heißt, wir müssen ein ganzes Stück schwimmen.“

„Sebastian, wie lange dauert es denn noch?“, jammerte Selina einige Stunden später. „Langsam werde ich echt müde.“

Selina kam es so vor, als wären sie seit Ewigkeiten unterwegs. Die Freunde waren kilometerweit durch Korallenriffs hindurchgeschwommen, die ihnen wie ein Labyrinth vorkamen.

„Ich weiß es doch auch nicht, Selina“, sagte Sebastian. „Ich hatte gehofft, wir würden ohne Pause nach Tritonia gelangen. Aber daraus wird wohl nichts. Um ganz ehrlich zu sein, ich habe den Verdacht, dass wir irgendwo eine falsche Abzweigung genommen haben.“

„Du meinst, wir haben uns verirrt?", fragte Selina angsterfüllt.

„Es könnte sein", gab Sebastian zu. „Ich bin mir nicht sicher."

„Zwischen den Felsen dort drüben ist ein guter Rastplatz", krächzte Zack, der fix und fertig war. „Lasst uns dort eine Weile ausruhen. Danach überlegen wir, wo es langgehen müsste."

Mit letzter Kraft tauchten die Freunde dorthin und ließen sich auf den weichen Sand des Meeresgrunds sinken.

Erschöpft von der Anstrengung schlossen sie die Augen und waren innerhalb kürzester Zeit eingeschlafen.

Selina erwachte als Erste. Sie öffnete die Augen und blieb ganz still liegen. Irgendetwas hatte sie geweckt, aber sie wusste zunächst nicht, was.

Links von ihr schlief Sebastian tief und fest und rechts von ihr schnarchte Zack lauthals. Geweckt hatte sie aber etwas anderes: ein leises, pfeifendes Geräusch ganz in der Nähe.

Selina blieb reglos liegen. Sie hatte Angst, sich

zu bewegen, weil sie nicht wusste, was da diese seltsamen Töne von sich gab. Seit sie ihr Unterwasserabenteuer angetreten hatten, waren den Freunden schon viele fremdartige und unheimliche Wesen begegnet. Selina fragte sich, mit was für einem merkwürdigen Geschöpf sie es wohl jetzt zu tun hatten.

Plötzlich brach das Pfeifen ab. Selina hörte jetzt nur noch Zacks Schnarchen und ihren eigenen Herzschlag. Sie hielt den Atem an.

Kurz darauf erklang ein neuer Ton – eine Art Zwitschern.

Selina runzelte die Stirn. Dieses Geräusch kam ihr bekannt vor. Da kicherte jemand. Kicherte leise und ganz dicht vor ihr.

Selina machte die Augen auf und hob den Kopf. Das Kichern brach ab und sie starrte in drei erschrockene Augenpaare.

„Oh“, sagte Selina und setzte sich auf. „Ihr seid Seepferdchen!“

Das größte der drei grünweißen Wasserwesen nickte hastig.

„Aber warum lacht ihr denn so?“, flüsterte Selina.

Das kleinste und hübscheste der Seepferdchen kicherte los. „Wegen dem da …“, stieß es hervor. Jetzt konnten sich auch die anderen nicht mehr zurückhalten. Ihre winzigen Flossen flatterten auf und ab, als sich die drei Seepferdchen vor Lachen schüttelten. „Er sieht so ulkig aus!“

Als Selina sich zur Seite drehte, um zu sehen, was das kleine Wesen meinte, stellte sie fest, dass sie über Zack lachten. Er schnarchte immer noch laut vor sich hin. Jedes Mal, wenn er ausatmete, stieg eine Reihe von Luftblasen aus seinem Schnabel in die Höhe.

„Macht er das immer so?“, fragte eines der Seepferdchen.

„Keine Ahnung. Ich habe ihn bisher noch nie schlafen gesehen“, erwiderte Selina, die jetzt ebenfalls grinsen musste. Zack sah aber auch wirklich zu komisch aus, wie er da flach auf dem Rücken lag und die Flügel zu beiden Seiten ausgebreitet hatte.

„Wer bist du denn?“, fragte das größte der Seepferdchen neugierig.

„Ich heiße Selina“, antwortete sie. „Das ist Sebastian“, fuhr sie fort und blickte zu dem schlafenden Jungen neben ihr. „Der laute Kerl zu meiner Rechten ist Zack, ein Rabe."

„Aber ihr seid doch keine Meeresgeschöpfe", sagte das Seepferdchen. „Was macht ihr denn hier unten?"

„Wir wollen zur Verlorenen Stadt Tritonia ...", antwortete Selina und hielt mitten im Satz inne, weil die Seepferdchen sie völlig verdutzt ansahen. „Ihr wisst nicht zufällig, wie weit es noch ist?", fügte sie hinzu.

„Ihr seid schon ganz in der Nähe", sagte das größte Seepferdchen. „Ihr müsst nur den rostigen Anker finden, euch dort links halten und dann eine Weile geradeaus schwimmen, aber ..." Es zögerte. „Warum wollt ihr denn dorthin?"

„Tja, das ist eine ziemlich lange Geschichte." Selina seufzte. „Aber im Grunde genommen suchen wir nach einem Kamm."

„Nach einem Kamm?", fragte das größte Seepferdchen verwundert.

Selina nickte. „Er wurde einer Freundin von uns gestohlen und wir nehmen an, dass er irgendwo in der Verlorenen Stadt ist. Es ist unsere Aufgabe, ihn zu ihr zurückzubringen."

„Weißt du, dort ist es ziemlich gefährlich", sagte das Seepferdchen.

„Oh ... warum denn?", fragte Selina.

„Wegen des Ungeheuers", antwortete das Seepferdchen.

„Welches Ungeheuer meinst du?" Selina fühlte sich auf einmal unbehaglich. An diesem Tag hatte sie wahrlich schon genug Monster gesehen.

„Na, das furchtbare Wesen, das dort lebt", erklärte das kleine Seepferdchen.

„Und wer wohnt sonst noch in Tritonia?", wollte Selina wissen.

„Das ist es ja gerade", sagte das kleine Seepferdchen. „Außer der Bestie lebt dort niemand. Früher gab es in Tritonia auch noch andere Meeresgeschöpfe, aber das ist lange her."

„Es ist das hässlichste Monster aller Zeiten", meldete sich nun auch das dritte Seepferdchen zu Wort. „Alle anderen sind weggezogen, weil sie Angst vor ihm haben."

„Das ist ja schrecklich!", murmelte Selina.

„Glaubst du, dass das Ungeheuer den Kamm deiner Freundin haben könnte?", fragte das kleine Seepferdchen.

„Nun ja, wir wissen, dass der Kamm nach Tritonia gebracht wurde. Also muss das Monster ihn haben“, erwiderte Selina.

„Und was willst du jetzt tun?“, wollte das große Seepferdchen wissen.

„Wir werden das Ungeheuer bitten, ihn zurückzugeben“, antwortete Selina mit fester Stimme, auch wenn sie daran zweifelte, dass dies der beste Plan war.

„Glaubst du wirklich, dass es den Kamm ohne Probleme rausrücken wird?“, fragte das große Seepferdchen ungläubig.

„Warum nicht?“, entgegnete Selina hoffnungsvoll.

„Ich würde nicht darauf wetten, dass das so einfach wird“, meinte das kleine Seepferdchen.

„Jemand anderem nützt der Kamm doch gar nichts“, erklärte Selina geduldig. „Er gehört nämlich einer Meerjungfrau. Nur sie kann etwas damit anfangen.“

„Erzähl das mal dem Ungeheuer!“ Das große Seepferdchen schnaubte.

„Genau das werden wir tun“, sagte Selina entschlossen.

„Hä? Wassis? Wassis los?“ Zack hatte aufgehört zu schnarchen und schlug die Augen auf. Dann schoss er pfeilartig nach oben und starrte die Seepferdchen an, die den Raben erschrocken umringten.

„Alles in Ordnung, Zack“, sagte Selina. „Das sind Seepferdchen. Sie sind sehr hilfsbereit.“

„Warum glotzen die mich so an?“, wollte Zack wissen.

„Weil du geschnarcht hast“, antwortete Selina wahrheitsgemäß.

„Ich schnarche nicht!“, widersprach Zack.

„Tust du wohl!“, antworteten die Seepferdchen im Chor.

Zack war zunächst peinlich berührt, zuckte dann jedoch mit den Flügeln und krächzte: „Na und? Viele schnarchen. Das ist überhaupt nichts Ungewöhnliches.“

„Aber nicht jeder sieht dabei so lustig aus wie du“, entgegnete das größte Seepferdchen und begann wieder zu kichern.

„Was soll das denn heißen?“ Zack warf den Seepferdchen einen bösen Blick zu. Das empörte Krächzen des Vogels weckte Sebastian. Selina erzählte ihm hastig, dass sie ganz in der Nähe der Verlorenen Stadt waren und berichtete ihm von dem Seeungeheuer, das dort lebte.

„Das war ja wieder mal klar, dass die Erfüllung des Wunsches nicht so einfach werden würde“, krächzte Zack, während er sich reckte und mit dem Flügel die Augen rieb.

„In welche Richtung müssen wir denn schwimmen?“, fragte Sebastian und rappelte sich auf.

„Das zeigen wir euch“, sagte das kleine Seepferdchen. „Kommt, folgt uns. Wir bringen euch zum rostigen Anker.“

Tritonia

Nachdem die Seepferdchen und die drei Freunde ein Stück geschwommen waren, stoppten sie plötzlich.

„Hier ist er, der rostige Anker“, sagte das kleine Seepferdchen.

Das riesige Eisenstück lag halb vergraben im Sand. Die andere Hälfte ragte, mit Seetang bedeckt, in die Höhe. Der Anker war in der Tat völlig verrostet und sah sehr alt aus.

„Wir müssen euch jetzt leider verlassen“, verkündete das dritte Seepferdchen. „Aber wenn ihr euch von dieser Stelle aus nach links wendet und dann immer geradeaus schwimmt, kommt ihr direkt nach Tritonia.“

„Vielen Dank für eure Hilfe“, sagte Sebastian.

„Gern geschehen. Doch was werdet ihr tun,

wenn ihr auf das Ungeheuer trefft?", fragte das kleine Seepferdchen besorgt.

„Sebastian hat noch einen Zauberspruch", erklärte Selina stolz. „Den könntest du doch benutzen, um das Monster außer Gefecht zu setzen!" Selina sah ihren Freund auffordernd an.

Sebastian nickte. „Aber nur, wenn wir es nicht ohne ihn schaffen. Es könnte nämlich auch noch passieren, dass wir uns auf dem Heimweg gegen die Barrakudas zur Wehr setzen müssen."

„Wir wünschen euch jedenfalls viel Glück", sagte das größte der Seepferdchen.

„Danke. Es sieht so aus, als könnten wir es brauchen", krächzte Zack.

Nachdem sie den Seepferdchen zum Abschied zugewinkt hatten, tauchten Sebastian, Selina und der Rabe an weiteren Korallenriffen und hohen Felssäulen vorbei.

Selina bemerkte als Erste, dass sich das Aussehen der mächtigen Pfeiler nach und nach veränderte. Die riesigen rauen Felsen wurden zunehmend von behauenen Steinen abgelöst. Sie waren kunstvoll mit Rillen und eingemeißelten Gesichtern verziert.

„Seht doch“, rief Selina einen Moment später, „das da drüben sind gar keine Felsen, sondern Gebäude und Ruinen! Da … und da!“ Sie zeigte auf die Mauerreste, die aus dem Meeresboden ragten.

„Ist es nicht seltsam, sich vorzustellen, dass es hier einmal eine große Stadt gab, in der viele Menschen gelebt haben?“, fragte Selina leise und sah sich ehrfürchtig um.

„Ich finde, es ist immer noch eine große Stadt“, erwiderte Zack. „Nur ist sie jetzt mit Wasser bedeckt.“

Die Freunde schwammen an beeindruckenden Gebäuden vorbei, die noch nicht zerfallen waren. Sie sahen so pompös aus, als hätten sie früher einmal eine große Bedeutung gehabt. Bei einem vermutete Selina, dass es das Rathaus von Tritonia gewesen sein könnte.

„Es ist sehr still hier“, meinte Sebastian.

„Kein Wunder!“, sagte Selina. „Die Seepferdchen haben mir erzählt, dass das Ungeheuer ganz allein in Tritonia lebt. Ich wüsste gerne, in welchem Gebäude es wohnt.“

„Das da vorn sieht ja wie ein Tempel aus“,

krächzte Zack, als sie sich einem großen, reich verzierten Gebäude näherten, zu dessen säulengeschmücktem Eingang Dutzende von Treppen hinaufführten. „Sollen wir uns da drinnen mal umsehen?“, fragte der Rabe seine Gefährten.

„Warum nicht?“, erwiderte Sebastian achselzuckend. „Irgendwo müssen wir ja anfangen, nach dem Kamm zu suchen.“

„Und was ist, wenn das Ungeheuer herausgestürmt kommt und uns angreift?“, fragte Selina, die von dem Plan wenig begeistert war.

„Dann werden wir wohl den Zauberspruch einsetzen müssen“, antwortete Sebastian völlig gelassen.

„Falls du dich an den genauen Wortlaut erinnern kannst ...“, stichelte Zack.

„Ich kann es und werde ihm helfen“, entgegnete Selina selbstsicher.

„Seid doch mal ruhig!“, befahl Sebastian plötzlich.

„Warum denn?“, krächzte Zack. „Was ist denn los?“

„Ich glaube, ich habe etwas gehört.“

Inzwischen hatten sie die riesige Eingangshalle

des Tempels erreicht. Dort ragten weitere Steinsäulen aus dem Boden, die sich ins Unendliche zu erstrecken schienen. Zwischen den Säulen standen weißgraue Statuen, die mit ihren hochmütigen, steinernen Gesichtern auf die Freunde herabblickten. Von der großen Halle aus führten zahllose Gänge in gigantische Säle.

„Ich höre nichts", flüsterte Selina und blickte sich nervös um.

Die Freunde schwammen einige Meter weiter, bis Sebastian erneut stoppte. „Da ist es wieder!", sagte er. „Hört ihr es denn nicht?"

„Meinst du dieses dröhnende Geräusch?", fragte Selina alarmiert. „Ich habe bis eben geglaubt, es wäre das Meeresrauschen. Wenn man sich eine Muschel ans Ohr hält, dann klingt das genauso. Daher habe ich mir gar nichts dabei gedacht."

„Wenn es das Wasser wäre, hätten wir es draußen doch auch schon bemerkt", sagte Sebastian. „Daher muss es etwas anderes sein."

Zack legte den Kopf schief und lauschte angestrengt.

„Hilfe! Jetzt höre ich es auch", krächzte der

Rabe aufgeregt. „Mich erinnert es eher an das Brüllen eines hungrigen Löwen. Was glaubst du, was es ist, Kumpel?“

„Ich bin mir nicht sicher“, druckste Sebastian herum.

„Meinst du, das könnte vom Ungeheuer stammen?“, fragte Selina mit piepsiger Stimme.

„Ich glaube schon“, räumte Sebastian ein.

„Was sollen wir denn jetzt tun, Sebastian?“, flüsterte Selina.

„Weiterschwimmen.“ Sebastian klang ernst. „Es ist unsere Aufgabe, den Kamm zurückzubringen. Das können wir allerdings nicht, wenn wir uns von möglichen Gefahren abschrecken lassen. Wir wissen immerhin, dass er hier ist und daher beim Meerungeheuer sein muss. Also lasst uns jetzt mal ganz logisch denken: Wo würde es den Kamm am ehesten aufheben?“

„So alt wie die Einrichtung hier ist, bestimmt auf einer Frisierkommode“, schlug Selina vor.

„Gute Idee“, meinte Sebastian. „Dann hoffen wir mal, dass ein Monster so etwas besitzt. Also müssen wir als Erstes sein Schlafzimmer finden.“

„Och nö!“ Zack versteckte den Kopf unter seinem Flügel, weil er sich fürchtete. Aber auch er schwamm kurz darauf tapfer weiter.

Die drei Gefährten gelangten in unermesslich große Räume, die von vergoldeten Marmorsäulen gesäumt wurden.

Während sie einen Saal nach dem anderen durchquerten, erschallte von Zeit zu Zeit das ohrenbetäubende Dröhnen durch die Marmorhallen. In diesen Momenten hielten die Freunde inne, klammerten sich ängstlich aneinander und warteten, bis das Echo verklungen war.

„Es kommt näher", flüsterte Selina. „Ich bin mir ganz sicher. Das letzte Brüllen klang schon viel dichter als die anderen."

Mutig tauchten die Freunde weiter durch den Tempel. Gerade, als Selina dachte, dass dieses Gebäude wohl nie ein Ende nehmen würde, kamen sie in einen Raum, der Ähnlichkeit mit einem Schlafzimmer hatte. In der Mitte befand sich eine große Plattform und darauf eine Art steinerne Matratze mit einem Kissen aus Marmor. Um die Erhebung herum lagen riesige geöffnete Muschelschalen, gefüllt mit Hunderten von Perlen und anderen wertvollen Schmuckstücken.

„Seht euch mal das riesige Bett an“, krächzte Zack kaum hörbar. „Offenbar sind wir einer ziemlich großen Bestie auf der Spur.“

Selina schluckte und starrte die Steinmatratze mit weit aufgerissenen Augen an. Zack hatte Recht: Sie war riesig. In dieses Bett würde Selina bestimmt zehnmal hineinpassen. Doch Sebastian schien sich wesentlich mehr für die Muscheln zu interessieren.

„Ich glaube, darin sollten wir nach Jolanas Kamm suchen, denn eine Frisierkommode habe ich nicht entdeckt“, sagte er aufgeregt. „Und ich befürchte, wir müssen uns beeilen …“ Er verstummte, als das nächste ohrenbetäubende Brüllen den Raum und die angrenzenden Hallen erfüllte.

„Das klang noch näher als eben“, stieß Selina hervor. „Viel näher, wenn ihr mich fragt … Ich glaube, es kommt hierher!“

„Wir müssen uns verstecken“, befahl Sebastian. „Kommt schon, ihr beiden. Schnell!“ Er schwamm mit kräftigen Zügen über die Plattform und hinter eine der mannshohen, geöffneten Muschelschalen.

„Hier kann es uns nicht sehen“, sagte er leise. „Aber wir können alles beobachten, wenn wir vorsichtig über den Muschelrand linsen.

Erneut war ein ohrenbetäubendes Brüllen zu hören und die Freunde klammerten sich wieder mit Armen und Flügeln eng aneinander.

Kurze Zeit später hob Sebastian vorsichtig den Kopf und spähte über den Rand der Muschelschale hinweg. „Es kommt“, flüsterte er. Seine Augen weiteten sich vor Entsetzen. „So etwas habe ich in meinem ganzen Leben noch nicht gesehen!“, fuhr er fort und umklammerte die beiden anderen noch fester. Selina, die vor Angst am ganzen Körper zitterte, kniff die Augen zu.

Ein lautes Brüllen nach dem anderen ertönte, als das Ungeheuer in sein Schlafzimmer stapfte.

„Ich gla-glaube, wir hä-hä-hätten li-lieber im Wrack bl-bleiben und mit den Ba-Ba-Barrakudas Verstecken spielen so-sollen“, stotterte Zack. Als Sebastian ihn anstieß, war er sofort still.

Erst als das Ungeheuer Ruhe gab, traute sich Selina über den Rand der Muschel zu linsen. Im ersten Moment wollte sie ihren Augen nicht trauen.

Ein solches Wesen hatte auch sie noch nie gesehen – weder in einem Buch noch im Zoo, weder in ihrer Welt noch in Zavania.

Das Ungeheuer war sehr, sehr groß und bucklig. Es war mit grauen Schuppen bedeckt wie ein Fisch, hatte jedoch keinen Schwanz, sondern Füße mit langen Klauen. Auf seinem gekrümmten Rücken prangten gigantische Schwingen, die aussahen wie die eines Märchendrachen. Die an Seetang erinnernde verfilzte Mähne auf dem monströsen Kopf bedeckte einen Teil seines grässlichen Gesichts. Mitten auf der Stirn befand sich ein einziges Auge. Als das Monster das Maul öffnete, ekelte sich Selina vor den schwarzgelben, halb verfaulten Zähnen.

Das seltsame Wesen sah so schrecklich und faszinierend zugleich aus, dass Selina für einen Moment vergaß, sich zu fürchten. Sie überlegte, was es wohl für ein Geschöpf sein könnte.

„Es ist kein Fisch …“, flüsterte sie.

„Und mit Sicherheit auch *kein* Vogel!“, murmelte Zack, der einen raschen Blick über Selinas Schulter geworfen hatte.

„Pssst!“, zischte Sebastian warnend.

Mit angehaltenem Atem sahen die Freunde zu, wie sich das Monstrum schwerfällig einer der Muschelschalen zuwandte.

Mit seinen Klauenhänden begann es, in den Perlen herumzuwühlen. Schließlich zog es mit einer plumpen Bewegung einen Gegenstand heraus und hielt ihn empor.

Von ihrem Versteck aus konnten die Freunde deutlich erkennen, worum es sich handelte.

„Es ist Jolanas Kamm!“, stieß Sebastian in lautem Flüsterton hervor.

„Was hat dieses Monster damit vor?“, murmelte Zack. „Es glaubt doch wohl nicht, dass es mit dem Kamm durch das Gestrüpp auf seinem Kopf kommt?“

„Seht doch!“, hauchte Selina. „In der Muschel ist ein Spiegel.“ Mit einer Mischung aus Entsetzen und Faszination schauten die drei zu, wie das hässliche Wesen in den Spiegel blickte und versuchte, seine verfilzte Mähne zu kämmen.

„Das wird nichts“, flüsterte Sebastian. „Der Kamm funktioniert doch nur bei Jolana.“

„Das Monster scheint das nicht zu wissen“, entgegnete Selina.

„Vielleicht sollte ihm das mal jemand sagen“, zischte Zack.

„Meldest du dich etwa freiwillig?“, fragte Sebastian.

„Kommt nicht infrage!“ Zack schauderte.

„Wenn wir Glück haben, legt es sich schlafen, sobald es die Hoffnung aufgegeben hat“, sagte Sebastian. „Das wäre unsere Chance, ihm den Kamm wegzunehmen.“

„Und wenn nicht?“, flüsterte Selina.

„Dann werden wir eben abwarten“, antwortete Sebastian. „Auch Monster müssen sich irgendwann mal ausruhen. Hoffe ich zumindest!“

Das scheußliche Wesen versuchte noch eine ganze Zeit, mit dem Kamm die vollkommen verfilzten Haare zu entwirren, aber seine Anstrengungen waren vergebens.

„Ich habe doch gesagt, dass das nichts wird“, wisperte Sebastian.

Vor lauter Frustration stieß das Ungeheuer ein ohrenbetäubendes Gebrüll aus. Zum Erstaunen der Freunde sagte es dann mit trauriger Stimme: „Kann mich denn nichts von dem bösen Fluch befreien, der mich so schrecklich aussehen lässt?

Muss ich tatsächlich bis ans Ende meiner Tage allein bleiben?"

Mit diesen Worten schleuderte es den Kamm zurück in die Muschel und humpelte schwerfällig zu dem steinernen Podest.

Selina lehnte sich zur Seite, um besser in den Raum blicken zu können.

„Sei vorsichtig!", warnte Sebastian sie mit leiser Stimme. „Pass bloß auf, dass es dich nicht sieht!"

„Was macht es denn nun?" Mit gerunzelter Stirn beugte sich Selina noch ein bisschen weiter zur Seite. „Oh, seht doch nur!", flüsterte sie dann. „Es weint! Das arme, arme Monster!"

Die breiten Schultern des furchterregenden Wesens begannen zu beben und sein Auge rötete sich.

Selina war schon aufgesprungen, um loszustürmen und das bedauernswerte Ungeheuer zu trösten. Es war Sebastians Geistesgegenwart zu verdanken, dass er sie noch rechtzeitig bremsen konnte. Er und Zack hielten die mitfühlende Selina fest.

„Tu das bitte nicht", sagte Sebastian mit fester

Stimme. „Du weißt nicht, was das Ungeheuer mit uns anstellt, wenn es uns hier findet."

„Nein, aber das Ärmste weint doch ... Es ist traurig, weil es so hässlich ist. Es wird uns sicher nichts tun."

„Weißt du nicht mehr, was die Seepferdchen gesagt haben, Selina?", flüsterte Sebastian. „Alle anderen Bewohner haben Tritonia aus Angst vor dem Monster verlassen."

„Und jetzt ist es einsam", erwiderte Selina mit gedämpfter Stimme. „Es hat kein einziges Lebewesen mehr in seiner Nähe, geschweige denn einen Freund."

Sie sahen stumm zu, wie sich das Ungeheuer auf sein steinernes Bett hievte, wo es sich mit einem gewaltigen Seufzer niederlegte und sein Auge schloss. Selina hatte einen dicken Kloß im Hals, denn sie verspürte tiefstes Mitleid mit dem Wesen.

„Es ist eingeschlafen", sagte Sebastian nach einer Weile, als grollende Schnarchgeräusche zu hören waren.

Wachsam verließen die Freunde ihr Versteck und näherten sich der Plattform.

„Es ist schrecklich, wenn man sein Aussehen hasst“, sagte Selina und fuhr mit der Zunge über ihre Zahnspange. Sie wusste ganz genau, wovon sie sprach.

Während Selina um das steinerne Bett herumschwamm und das schlafende Monster betrachtete, kraulte Sebastian schnell zur Muschel, in der der Kamm lag. Nach einem besorgten Blick über die Schulter nahm er ihn vorsichtig aus dem Perlenbett.

„Wir haben es geschafft“, sagte er leise und hielt ihn triumphierend in die Höhe. „Lasst uns so schnell wie möglich von hier verschwinden, bevor das Ungeheuer aufwacht.“

„Gute Idee“, meinte Zack. „Ich bin nicht besonders scharf darauf, in der Nähe zu sein, wenn es feststellt, dass sein Kamm verschwunden ist. Komm, Selina.“

Doch Selina hörte den beiden gar nicht zu. Stattdessen umkreiste sie immer noch das steinerne Podest und beäugte nachdenklich die schlafende Gestalt.

„Es hat einen Fluch erwähnt“, sagte sie langsam zu ihren Freunden.

„Ja“, bestätigte Sebastian, „aber …“

„Und es hat gesagt, es müsse den Rest seines Lebens alleine verbringen, oder?“

„Irgendwas in der Art“, murmelte Sebastian ungeduldig. „Aber wir dürfen uns nicht länger hier aufhalten, Selina. Wir sollten ziemlich weit weg sein, wenn das Ungeheuer aufwacht. Wer weiß, was es uns antut, wenn es uns findet.“

„Du hast immer noch einen Zauberspruch“, sagte Selina stur.

„Ich weiß“, erwiderte Sebastian und versuchte, ruhig zu bleiben. „Aber den sollten wir aufheben. Vielleicht brauchen wir ihn noch, um heil zu den Kristallhöhlen zurückzugelangen. Was ist, wenn die Barrakudas uns auflauern? Wie sollen wir ohne die Magie an ihnen vorbeikommen?“

„Er hat Recht, Selina“, schaltete sich Zack ein. „Komm schon. Wir müssen jetzt wirklich los.“

Sebastian und der Rabe schwammen zwischen den Marmorsäulen davon und nach einem langen Blick auf das Ungeheuer folgte Selina ihnen widerstrebend.

Als der Zauberlehrling und Zack schon viele Säle durchquert und fast die Eingangsstufen des pompösen Tempels erreicht hatten, stoppte Selina ihre Freunde.

„Du lieber Himmel!“, krächzte Zack verärgert. „Was ist denn jetzt schon wieder?“

„So geht das nicht“, sagte Selina. „Ich kann das arme Wesen nicht einfach hierlassen. Tut mir leid, aber wenn ihr ihm nicht helfen wollt, müsst ihr eben ohne mich zurückschwimmen.“

„Ich glaube es nicht!“ Zack schüttelte fassungslos den Kopf. „Wie sollen wir das bloß Zenobius erklären?“

Der zweite Zauberspruch

„Selina, warte!“, rief Sebastian. Nachdem sie ihren Freunden deutlich gesagt hatte, dass sie das Ungeheuer nicht allein lassen wollte, schwamm Selina davon. Sie drehte sich nicht einmal mehr um. Sebastian folgte ihr mit einem tiefen Seufzer und bekam kurz darauf Gesellschaft von einem vor sich hin schimpfenden Zack. Da Selina den Raben nicht weiter beachtete, verstummte er.

Schweigend kehrten die drei zum Schlafzimmer des Ungeheuers zurück. Glücklicherweise schien es immer noch auf der steinernen Pritsche zu schlafen.

„Und wie sollen wir dem Wesen jetzt helfen?“, fragte Sebastian, als er Selina schließlich eingeholt hatte.

„Ich möchte, dass du den letzten Zauberspruch

einsetzt, um den armen Kerl von seinem Fluch zu erlösen", antwortete sie.

„Ich bin mir nicht sicher, ob ich das tun sollte", sagte Sebastian zweifelnd. „Schließlich muss ich uns alle wieder heil zurückbringen und wir könnten unterwegs in Gefahr geraten."

„Und was wird aus dem Ungeheuer? Soll es etwa für den Rest seines Lebens hässlich und ungeliebt bleiben?", fragte Selina hitzig.

„Aber das Wesen kennt es doch gar nicht anders, oder?", wandte Sebastian ein.

„Das ist doch egal!", gab Selina zurück. „Es weiß nun mal, dass alle wegen seines Aussehens Angst vor ihm haben. Das finde ich furchtbar. Wie würdest du dich fühlen, wenn du an seiner Stelle wärst, Sebastian?"

Der Zauberlehrling warf Zack einen Hilfe suchenden Blick zu.

„Zack hat mir mal erzählt, dass du als Baby in einem Korb auf den Stufen des Ostturms gefunden worden bist", fuhr Selina in einem sanfteren Ton fort. „Sebastian, stell dir mal vor, dich hätte jemand mit einem solchen Fluch belegt und du wärst als abschreckendes Ungeheuer aufgewachsen. So hässlich, dass alle – Prinzessin Clarissa, Kronprinz Frederik, Zack und Tirza – sich über dich lustig gemacht hätten. Wie hättest du dich dann gefühlt? Das würde ich gerne wissen."

„Wo sie Recht hat, hat sie Recht, mein Freund", meldete sich Zack zu Wort. „Mir würde ein Leben als Monster auch nicht gefallen. Wäre ich nicht so ein verdammt gut aussehender Kerl, hätte ich viele schöne Dinge gar nicht erst erlebt. Das kann ich euch sagen."

„Schon gut! Ihr habt mich überzeugt", lenkte Sebastian ein. „Ich werde den Zauberspruch einsetzen, aber kommt nicht heulend bei mir an, wenn euch die Barrakudas gegrillt als Hauptgericht verspeisen wollen!"

Selina war froh über Sebastians Entscheidung und betrachtete nun wieder das Ungeheuer. „Oh!", rief sie entsetzt. „Es wacht auf. Schnell, Sebastian! Sag den Zauberspruch, bevor es uns sieht!"

Aber es war zu spät. Das Monster hatte bereits sein eines Auge geöffnet und die Freunde erblickt. Zuerst schien es nur erstaunt, jemanden in seinem Schlafzimmer vorzufinden. Es reckte und streckte sich, bevor es zu brüllen begann. Dabei riss es das Maul weit auf und zeigte all seine verfaulten Zähne.

„Auweiowei!“, schnatterte Zack. „Verflixt, Kumpel, tu doch endlich was! Wenn das Ungeheuer mitkriegt, dass du den Kamm hast, werden wir nicht erst gegrillt, sondern gleich roh von ihm heruntergeschluckt.“

„Komm, Sebastian“, sagte Selina, „wir sagen den Spruch zusammen auf.“

Sebastian nickte und holte tief Luft.

„Zambazin von Zizabar,
ach herrlich strahlend blauer Stein.
Zascalusa, Zascalar,
die Zauberkraft soll unser sein!“

Nachdem sie geendet hatten, streckte Sebastian seinen Arm in die Höhe. Ein greller Blitz durchzuckte den Raum. Dann fing sich der Lichtstrahl im Aquamarin des Rings, den Sebastian am Finger trug.

Als sich das Ungeheuer in Sebastians Richtung drehte, sagte der Zauberlehrling mit lauter, leicht zittriger Stimme: „Möge der Zauber den Fluch von diesem Wesen nehmen!“

Ein zweiter Blitz leuchtete auf. Er war so hell und kraftvoll, dass er für einen Moment alle blendete. Selina musste mehrere Male blinzeln. Nachdem sie sich die Augen gerieben hatte, sah Selina, dass das Monster aufgestanden war und mit unbeholfenen Bewegungen auf sie zukam.

Sie keuchte. „Der Zauberspruch hat nicht gewirkt! Es verfolgt uns, Sebastian!“

„Oh nein!“, krächzte Zack. „Du musst irgendwas falsch gemacht haben.“

„Hab ich nicht …“, verteidigte sich Sebastian.

Aber der Rabe glaubte ihm offensichtlich nicht. Er wandte sich zum Ausgang und begann wie wild mit den Flügeln zu paddeln, um dem Ungeheuer zu entkommen. Selina und Sebastian folgten ihm so schnell sie konnten. Das Furcht einflößende Gebrüll des Monsters hallte in ihren Ohren wider.

Als die drei Gefährten die erste Säulenreihe am Ende des Schlafsaals erreichten, trat mit einem Mal Stille ein. Das Monster war verstummt. Während Selina hastig weiterschwamm, warf sie einen Blick über die Schulter. Sie wollte wissen, ob das Ungeheuer sie verfolgte.

Was sie sah, ließ sie abrupt anhalten.

„Komm schon, Selina!“, schrie Sebastian ihr zu. „Beeil dich! Jetzt haben wir keinen Zauberspruch mehr. Wir sind auf uns allein gestellt.“

„Wartet!“, rief Selina.

„Das darf doch nicht wahr sein! Die Magie hat nicht gewirkt, Selina. Willst du etwa die Heldin spielen?“, krächzte Zack erbost.

„Das brauche ich gar nicht, Zack“, sagte Selina ruhig. „Seht einfach mal hin, was mit dem Ungeheuer geschieht!“

Bei diesen Worten drehten sich die beiden schlagartig um, verharrten an Ort und Stelle und beobachteten voller Erstaunen, was sich vor ihren Augen ereignete.

Das Wesen hatte sich zu seiner vollen Größe aufgerichtet. Plötzlich begann seine Gestalt zu schrumpfen. Wie eine riesige Schlange warf es seine äußere Haut ab.

Die scheußlichen Schuppen und die Drachenschwingen glitten zu Boden, gefolgt von der verfilzten Haarmähne. Schließlich fiel auch das grässliche Gesicht wie eine Maske auf den steinernen Grund. All dies wurde rasend schnell davongeschwemmt.

Was die Freunde nun sahen, verschlug ihnen regelrecht die Sprache. Dort, wo eben noch das Ungeheuer in all seiner Hässlichkeit gestanden hatte, befand sich jetzt eine ganz andere Gestalt. Es war ein großer, gut aussehender Mann mit goldblonden Locken. Auch er hatte Schuppen, aber es waren zarte und silbrige, die sich auf einer eleganten Schwanzflosse aneinanderreihten. Ungläubig blickte er an sich herab. Dann schaute er in den Spiegel, der ihm eben noch das Bild eines Monsters gezeigt hatte.

Schließlich drehte sich der völlig verwirrte Mann zu den drei Freunden um und starrte sie schweigend an. Selina fielen sofort seine strahlend grünen Augen auf, die wie zwei Smaragde funkelten.

„Na, so was!“, murmelte Zack. „Also, wenn das kein Meermann ist, werde ich zum Huhn.“

„Wer seid ihr?“, fragte der Meermann. Er kniff seine Augen leicht zusammen und schien nachzudenken.

Sebastian war sichtlich überwältigt von der unglaublichen Verwandlung. Dennoch ergriff er als Erster das Wort: „Mein Name ist Sebastian. Dies ist Zack“, sagte er und deutete auf den Raben, „und das hübsche Mädchen vor mir heißt Selina. Sie kommt aus der anderen Welt. Der Herr der Wünsche, Zenobius, hat uns zur Meerjungfrau Jolana geschickt, um ihr zu helfen. Sie wollte, dass wir ihr den Kamm zurückbringen, der ihr gestohlen wurde.“

Sebastian hielt den Kamm in die Höhe. „Du hast die Barrakudas dafür bezahlt, nicht wahr?“, fügte er anklagend hinzu.

Der Meermann runzelte die Stirn. „Du hast Recht. Die Barrakudas haben ihn hergebracht und ich gab ihnen dafür eine Menge Perlen“, sagte er langsam. „Sie haben mir erzählt, der Kamm einer Meerjungfrau würde besondere, magische Kräfte besitzen und denjenigen, der ihn benutzt, schön machen.“

„Aber der Kamm funktioniert doch nur bei der Meerjungfrau, der er gehört“, wandte Selina ein.

„Das war mir nicht klar. Ich hatte so etwas

aber befürchtet, als sich bei mir gar nichts tat“, erwiderte das einstige Ungeheuer.

„Wie kommt es, dass du so etwas nicht weißt, obwohl du doch offensichtlich zum Meervolk gehörst?“, fragte Zack misstrauisch und legte den Kopf schief.

„Bis eben hatte ich keine Ahnung, was ich bin“, antwortete der Meermann und blickte staunend auf seine Schwanzflosse. „Ich wusste nur, dass ich mit einem Fluch belegt war, der mich hässlicher und furchterregender machte als jedes Ungeheuer, das jemals auf dem Grund des Meeres sein Unwesen getrieben hat.“

„Und wer hatte diesen schrecklichen Fluch ausgesprochen?“, fragte Selina.

„Eine Seeschlange. Ich habe bei ihr gelebt, bis sie vor einigen Jahren gestorben ist“, erwiderte der Meermann. „Sie hatte mich in ein abstoßendes Monster verwandelt, damit ich immer bei ihr bleibe. Niemand anders wollte etwas mit mir zu tun haben.“

„Wie gemein“, sagte Selina und schluckte.
Gleich darauf wurde ihre Miene aber wieder fröhlicher. „Doch jetzt ist alles in Ordnung, denn

Sebastian hat den Fluch mit seiner Zauberkraft aufgehoben."

„Na ja, Selina hat mich dazu überredet", gab Sebastian zu.

„Dann möchte ich mich bei euch beiden bedanken, dass ihr mir meine wahre Gestalt wiedergegeben habt", sagte der Meermann.

„Ä-häm", hüstelte Zack.

„Zack hat auch mitgeholfen", sagte Selina hastig. „Er hat uns aus den Fängen von Oskar, dem Riesenkraken, befreit."

„Nun, dann vielen Dank an euch alle", sagte der Meermann. „Ohne euch wäre ich bis ans Ende meiner Tage ein furchtbares Ungeheuer geblieben. Ich bin unendlich glücklich!"

„Was wirst du jetzt tun?", fragte Selina neugierig. „Willst du hierbleiben?" Sie warf einen Blick auf die riesigen, trostlosen Säle der Verlorenen Stadt.

„Ich weiß nicht", murmelte der Meermann, der mit der neuen Situation sichtlich überfordert war.

„Ich finde, du solltest mit uns zu den Kristallhöhlen schwimmen", schlug Sebastian ihm vor.

„Dort lebt das Meervolk. Sie werden sich bestimmt freuen, dich zu sehen."

„Ja", sagte der Meermann mit strahlenden Augen. „Dann kann ich mich endlich bei der Meerjungfrau entschuldigen. Wie sagtet ihr, lautet deren Name?"

„Jolana", antwortete Selina. „Ich denke, sie wird sich sehr freuen, dich zu sehen … Oh Mann, Sebastian!" Selina fuhr herum und schlug sich die Hand vor den Mund. „Weißt du, was mir gerade eingefallen ist? Glaubst du nicht auch, dass dieser Meermann derjenige sein könnte, der als Baby aus den Kristallhöhlen entführt worden ist?"

„Ich würde sagen, die Chancen stehen nicht schlecht", meinte Sebastian. „Was denkst du, Zack?"

„Tja, das ist mir auch schon durchs Köpfchen gegangen", krächzte Zack und sah den Meermann neugierig an. „Sollte das der Fall sein, ist dein Name Arian, und wenn du zu deinem Volk zurückkehrst, wird eine ganz bestimmte junge Dame sehr erfreut sein, dich zu sehen. Hocherfreut, um genau zu sein!"

Zusammen mit dem Meermann schwammen die Freunde aus dem Tempel und durch die Verlorene Stadt, bis Tritonia weit hinter ihnen lag.

Als sie den rostigen Anker erreichten, warteten dort zu ihrer Freude und Verwunderung die Seepferdchen auf sie.

„Wir waren besorgt um euch“, sagte das kleine Seepferdchen zu Zack und lächelte ihn schüchtern an.

„Ach, echt?“ Zack war gerührt. „Ich muss sagen, es war wirklich nett, dass ihr euch Gedanken gemacht habt, aber zum Glück bestand dazu keine Veranlassung.“

„Wen habt ihr denn da mitgebracht?“, wollte das größte Seepferdchen wissen und beäugte den Meermann interessiert von oben bis unten.

„Ob du's glaubst oder nicht, aber der hübsche Mann ist das gefürchtete Seeungeheuer, vor dem alle so schreckliche Angst hatten. Dieser Kerl hier war mit einem Fluch belegt, den wir durch einen Zauber von ihm genommen haben. Und wie du siehst, ist er in Wirklichkeit ein Meermann. Wir vermuten, dass er das Baby war, das vor vielen Jahren entführt worden ist.“

„Waren das damals die Barrakudas?“, fragte daraufhin das größte Seepferdchen.

„Höchstwahrscheinlich“, sagte nun der Meermann. „Bestimmt haben diese Fieslinge mich an die Seeschlange verkauft, die mich dann mit dem Fluch belegte.“

„Wo wir gerade von Barrakudas sprechen …“ Sebastian schauderte. „An diesen Biestern müssen wir noch vorbei, wenn wir zu den Kristallhöhlen wollen.“

„Macht euch darum keine Sorgen“, sagte das größte Seepferdchen gelassen. „Wir kennen einen anderen Rückweg. Da kommt ihr nicht mal in die Nähe der Regenbogenlagune. Wir zeigen ihn euch.“

„Das ist wirklich klasse von euch dreien“, krächzte Zack, während Sebastian einen tiefen Seufzer der Erleichterung ausstieß.

Ein Wunsch geht in Erfüllung

Die Seepferdchen geleiteten Selina, Sebastian, Zack und den Meermann zu einem geheimen Unterwasserstrom. Dieser trug sie mit seiner starken Strömung durch ein Labyrinth aus felsigen Tunneln, bis sie wieder sicher unter den Kristallhöhlen ankamen.

Wie versprochen waren sie dabei nicht in die Nähe der Regenbogenlagune geraten. Dadurch blieben ihnen unangenehme Begegnungen mit Barrakudas, Stechrochen und anderen gefährlichen Seelebewesen erspart.

Voller Dankbarkeit verabschiedeten sich die Freunde von den Seepferdchen, als sie schließlich vor dem Zuhause von Lucius, dem Hummer, gehalten hatten.

„Werdet ihr irgendwann mal wiederkommen

und uns besuchen?“ Das kleinste und hübscheste der Seepferdchen lächelte Zack, an dem es sichtlich Gefallen gefunden hatte, zu.

„Klar kommen wir wieder in eure schöne Unterwasserwelt“, antwortete Zack. „Und wehe, einer versucht, uns davon abzuhalten. Dann pick ich ihn mit meinem Schnabel.“

„Das ist ja ein Ding!“, flüsterte Sebastian Selina zu. „Dabei war Zack doch derjenige, der auf keinen Fall herkommen wollte.“

„Ihr seid also zurück?“, sagte auf einmal jemand hinter ihnen. Nachdem die Seepferdchen hintereinander davongeschwebt waren, streckte Lucius den Kopf aus der kleinen Tür in seinem Korb. „Habt ihr den Kamm?“, fragte er und musterte den Neuen misstrauisch.

„Ja, den haben wir“, antwortete Sebastian.

„Und das ist noch nicht alles, Lucius“, sagte Selina. „Wir haben auch diesen Meermann mit zurückgebracht.“

„Dass es sich um einen Meermann handelt, sehe ich auch“, entgegnete Lucius mürrisch. Und mit einem plötzlichen Knacken seiner Scheren, das alle zusammenzucken ließ, fügte er hinzu: „Wo habt ihr ihn denn gefunden? Wer ist das?“

„Wir glauben, dass er als Meerbaby entführt wurde“, erklärte Selina. „Allem Anschein nach wurde er in die Verlorene Stadt Tritonia gebracht, wo ihn eine Seeschlange mit einem Fluch belegt und ihn in ein furchtbares Ungeheuer verwandelt hatte. Sebastian hat seine Zauberkräfte eingesetzt, um den Fluch aufzuheben.“

„Ach du liebes bisschen!“, rief Lucius. „Dann muss das Arian sein!“

„Ja“, sagte Selina aufgeregt. „Das haben wir uns auch schon gedacht.“

„Als du damals verschwunden bist, herrschte eine furchtbare Aufregung“, murmelte Lucius und sah zu dem Meermann auf. „Verlasst euch drauf“, fuhr er nach einem Moment fort, „heute Abend gibt es garantiert eine Party. Vielleicht schaue ich auch mal vorbei.“

„Und was ist mit deinem Rheuma?“, fragte Zack scheinheilig, der sich bereits gedacht hatte, dass der Hummer die Krankheit aus Angst vor den Barrakudas nur vorgetäuscht hatte.

„Och, mir geht's heute schon besser. Viel besser." Voller Vorfreude auf die Party rieb Lucius seine Scheren gegeneinander. Dann drehte er sich um, kroch zurück in seinen Hummerkorb und machte die Tür hinter sich zu.

Sebastian blickte durch das grünliche Wasser in die Höhe. „Kommt", sagte er zu den anderen. „Wir müssen wieder an die Oberfläche. Seid ihr so weit?"

Alle nickten. Nachdem Sebastian bis drei gezählt hatte, schwammen sie nach oben. Es schien nur wenige Augenblicke zu dauern, bis sie die Unterwasserwelt hinter sich gelassen hatten und in der Kristallhöhle auftauchten.

Miro erwartete die Freunde sichtlich nervös am Beckenrand.

„Ihr seid zurück!", rief er freudig, als einer nach dem anderen durch die Wasseroberfläche brach. „Dem Himmel sei Dank! Ich fürchtete schon, ihr könntet zu spät kommen."

„Wie meinst du das?", fragte Selina keuchend, während sie sich die Wassertropfen aus ihren roten Locken schüttelte.

„Jolana geht es sehr schlecht", antwortete

Miro. „Nur ihr Kamm kann sie jetzt noch retten.“ Er guckte fragend von einem zum anderen. Sein Blick huschte neugierig über Arian, dann aber wieder zurück zu Sebastian. „Habt ihr den Kamm?“

„Ja“, antwortete Sebastian, „wir haben ihn.“

Miro stieß einen tiefen Seufzer der Erleichterung aus. Selina sah sich in der Höhle um und schaute in die Nischen, die alle leer zu sein schienen. „Wo ist Jolana?“, fragte sie besorgt.

„Sie hat sich in eine andere, tiefer gelegene Höhle geschleppt“, erklärte Miro. „Jolana hatte Angst, dass ihr den Kamm nicht finden würdet und hat sich deshalb schon zum Sterben zurückgezogen.“

„Ach du liebe Zeit!“, entfuhr es Selina. „Schnell, Sebastian, gib Miro den Kamm!“

Sebastian zog ihn unter seinem blau-grünen Schwimmanzug hervor und wollte ihn dem kleinen Meerjungen reichen. Doch dieser nahm ihn nicht an.

„Bringt den Kamm bitte persönlich zu ihr“, sagte er. „Ihr habt ihn für sie zurückgeholt, also solltet ihr ihn Jolana auch überreichen.“

Sebastian zögerte einen Moment und sah die anderen an.

„Geh schon", sagte Zack plötzlich. „Du auch, Selina. Arian und ich werden hier warten."

Miro war bereits ins Wasser gesprungen, um den beiden den Weg zu zeigen. Er schwamm auf den Wasserfall zu, der sich in das Becken ergoss. Selina und Sebastian folgten ihm flink.

Hinter dem Wasserfall war es kühl, dunkel und so laut, dass man sich unmöglich miteinander unterhalten konnte. Schweigend schwammen sie hinter dem Meerjungen her, bis sie durch einen schmalen Flusslauf in eine andere Höhle kamen.

Schließlich hielt Miro an und wartete auf Selina und Sebastian. Auf einem Felssims neben ihm lag Jolana. Sie war bereits so schwach, dass sie kaum den Kopf heben konnte, um sie zu begrüßen.

„Oh, Jolana", flüsterte Selina, als sie sich aus dem Wasser stemmte. „Wir sind da. Keine Angst, wir haben deinen Kamm."

„Meinen Kamm ...?" Jolanas Stimme war so leise, dass man sie kaum verstehen konnte. Selina wandte sich an Sebastian, der ihr den Kamm reichte. Dann kauerte sie sich neben die geschwächte Meerjungfrau und begann, die verknoteten Haare zu kämmen.

Zuerst dachte Selina, sie würde es nie schaffen, aber zu ihrem Erstaunen wurde es nach und nach leichter und die goldblonde Farbe kam immer mehr zum Vorschein.

Vorsichtig löste Selina die dicksten Knoten, bis der Kamm schließlich mühelos durch die gewellten Haare glitt, die über die Schultern und den Rücken der Meerjungfrau fielen.

Inzwischen weinte Jolana Tränen der Erleichterung, des Glücks und der Freude.

„Wie kann ich euch jemals dafür danken?", rief sie. „Meine lieben, lieben Freunde. Ohne eure Hilfe hätte ich nicht mehr lange gelebt."

„Das haben wir gern gemacht, Jolana. Wir haben auch noch eine Überraschung für dich", sagte Selina, als Jolana schließlich wieder schön wie einst aussah.

„Eine Überraschung?" Die Meerjungfrau hob den Kopf und sah voller Neugier abwechselnd von Selina zu Sebastian.

„Ja, eine sehr schöne“, antwortete nun Sebastian. Er hatte bisher ganz still am Wasserrand gesessen und zufrieden beobachtet, wie Selina der Meerjungfrau das Haar kämmte. „Erinnerst du dich noch, dass du uns von Arian erzählt hast? Dem Meerbaby, das vor vielen Jahren entführt wurde.“

Jolana nickte.

„Also, wir glauben, dass wir ihn gefunden haben“, verkündete Sebastian triumphierend.

„Ist das möglich?“ Jolana wirkte verwirrt. „Ihr habt tatsächlich das Meerbaby gefunden?“

„Ja“, rief Selina aufgeregt, „nur dass es jetzt natürlich kein Baby mehr ist, sondern ein ausgewachsener Meermann.“

„Nach der langen Zeit dachten wir alle, er sei tot“, sagte Jolana nachdenklich. „Warum ist er nicht früher zurückgekehrt?“

„Das konnte er nicht“, erklärte Selina hastig. „Er ist nämlich durch einen bösen Fluch in ein schreckliches Ungeheuer verwandelt worden. Er wusste nicht einmal, dass er zum Meervolk gehört. Sebastian hat den Fluch mit seiner Zauberkraft aufgehoben.“

„Das ist ja wunderbar“, flüsterte Jolana. „Und wo … wo ist Arian jetzt?“

„Draußen in der Höhle.“ Diesmal antwortete Miro. „Er sieht nett aus, Jolana. Sehr nett.“

„Bist du bereit mitzukommen und ihn kennenzulernen?“, fragte Selina die Meerjungfrau.

„Oh ja, natürlich!“, rief Jolana. Und mit einem prüfenden Blick auf ihren Körper fragte sie besorgt: „Sehe ich auch gut aus?“

„Du siehst wunderschön aus“, versicherte ihr Selina. „Na, dann kommt“, sagte Sebastian und tauchte wieder ins Wasser.

„Wartet!“, rief Jolana plötzlich. „Wir müssen noch etwas mitnehmen, bevor wir Arian treffen.“ Sie wandte sich an den Meerjungen. „Miro, weißt du, was ich meine?“, fragte sie.

„Ja, natürlich.“ Sofort schwamm der Meerjunge in eine andere Höhle und kam kurz darauf zurück. Er hielt etwas Blaues in der Hand.

„Was ist das?“, fragte Selina neugierig.

„Arians Kamm“, sagte Jolana. „Wir haben ihn aufbewahrt. Ohne ihn kann er wie ich nicht leben.“

Selina, Sebastian und Miro geleiteten Jolana zu

den Wartenden. Sie schwammen dicht neben ihr, als sie in die Höhle kamen. Arian und Zack saßen auf den Felsen am Rande des türkisfarbenen Beckens.

Was nun geschah, würde Selina sicher nie vergessen. Die Blicke von Jolana und Arian trafen sich, dann berührten sie zärtlich die Finger des anderen und schließlich lagen sie sich in den Armen. Es war, als würden die beiden sich seit Ewigkeiten kennen.

Sogar Zack war gerührt und musste sich mit dem Flügel eine Träne aus dem Auge wischen.

Während das Pärchen sich unterhielt, reichte Jolana Arian den blauen Kamm. Mühelos fuhr er sich damit durch die goldblonden Locken. Miro verschwand, um die Kleidung der Freunde zu holen und ihnen nach der langen Reise eine Erfrischung zu besorgen.

„Wir haben den Wunsch der Meerjungfrau erfüllt und unsere Aufgabe ist somit beendet", stellte Sebastian fest. In seiner Stimme lag Freude, aber auch ein Hauch von Traurigkeit. „Wir werden noch eine Kleinigkeit essen. Dann ist es höchste Zeit, dass wir nach Zavania zurückkehren und Zenobius Bericht erstatten“, sagte er zu Zack und Selina.

Als Miro zurückkehrte, wurde er von vielen anderen Meerleuten begleitet, die es kaum erwarten konnten, den so lange verschollenen Arian zu begrüßen.

Erneut hielt Miro den Freunden eine große Perlmuttschüssel voller exotischer und lecker aussehender Früchte entgegen.

Selina verschwand in einer Nische und zog den eng anliegenden Taucheranzug, den sie während ihres Unterwasserabenteuers getragen hatte, nur äußerst ungern wieder aus. Im Vergleich dazu kam ihr ihre Schuluniform furchtbar langweilig vor. Als sie fertig war, hatten Zack und Sebastian sich schon hungrig über die Früchte hergemacht.

Jolana versicherte den dreien immer wieder, wie dankbar sie ihnen war. „Können wir denn im Gegenzug gar nichts für euch tun?“, fragte sie eifrig.

„Nein, natürlich nicht“, begann Sebastian, doch er wurde von Zack unterbrochen, der aufgeregt auf und ab hüpfte.

„Eigentlich wäre da doch etwas …“ Obwohl

Sebastian sich umdrehte und ihm einen finsteren Blick zuwarf, fuhr der Rabe seelenruhig fort: „Mir ist da so ein Gedanke gekommen ... Ich glaube, ihr solltet in Zukunft ein bisschen mehr auf eure Sicherheit achten. Schließlich schwimmen immer noch 'ne Menge Barrakudas in dieser Gegend herum."

„Darüber hatte ich auch schon nachgedacht", sagte Arian. „Auf jeden Fall werde ich mithelfen, mein Volk vor den Angriffen dieser Fische zu schützen."

„Das ist sehr lobenswert", sagte Zack. „Doch ich denke, es reicht nicht aus, um die Pläne dieser bösartigen Halunken zu durchkreuzen."

Arian runzelte die Stirn. „Hast du da schon eine Idee?"

„Ja, hab ich", sagte Zack und schwieg daraufhin, um die Spannung zu steigern. Schließlich fuhr er fort: „Ihr braucht hier einen guten Wächter. Und ob ihr es glaubt oder nicht, ich habe die ideale Besetzung für diesen Job. Er ist groß, er ist schlau, er ist zuverlässig, aber was das Wichtigste ist: Er kennt die Barrakudas wahrscheinlich besser als jeder andere. Ich weiß zufällig, dass er im

Moment auf der Suche nach einer neuen Arbeitsstelle ist.“

„Das klingt nach jemandem, den wir gebrauchen können“, sagte Arian. „Wer ist es?“

„Sein Name ist Oskar und er ist ein Riesenkrake“, antwortete Zack.

„Und wo können wir ihn finden?“

„Fragt Lucius“, erwiderte Zack. „Er kann euch bestimmt sagen, wo Oskars Mutter lebt. Dort ist der Krake nämlich zurzeit.“

„Wir müssen uns jetzt leider von euch verabschieden“, sagte Sebastian, als alle Informationen ausgetauscht waren.

„Ihr dürft noch nicht aufbrechen“, protestierte Arian. „Jolana und ich möchten, dass ihr an unserer Hochzeit teilnehmt.“

„Wann soll sie denn stattfinden?“, fragte Sebastian ein wenig besorgt.

„Sofort“, antwortete Arian. „Wir waren viel zu lange getrennt.“

„Wenn das so ist, nehmen wir die Einladung natürlich gerne an“, sagte Sebastian.

„Au ja“, hauchte Selina.

„Das war die schönste Hochzeit, die ich je erlebt habe.“ Mit einem tiefen, zufriedenen Seufzer ließ sich Selina in die bunten Kissen auf Sebastians Boot sinken, während die Delfine Fine und Fino es durch die Bucht zogen.

Bis eben hatte sie dem Meervolk zugewinkt, das sich auf den Felsen am Eingang der Kristallhöhlen versammelt hatte, um ihnen Lebewohl zu sagen.

„Ich hoffe, wir können eines Tages zurückkehren“, sagte Selina wehmütig. „Die Leute waren so nett und ich fand's total romantisch.“

„Es war wirklich ein Geniestreich von dir, ihnen Oskar als Wächter vorzuschlagen“, sagte Sebastian zu Zack.

„Ich habe eben mehr zu bieten als nur ein hübsches Köpfchen, Kumpel“, erwiderte der Rabe geschmeichelt.

Innerhalb kürzester Zeit hatten sie die Flussmündung erreicht. Die Delfine verabschiedeten sich von ihnen und schwammen durch die Bucht zurück. Freudig sprangen sie durch die Wellen und riefen sich in ihrer Delfinsprache etwas zu.

„Tja, das ist dann ja wohl das Ende unserer Unterwassermission“, sagte Sebastian. „Jetzt müssen wir Zenobius nur noch Bericht erstatten und hoffen, dass er mit allem einverstanden ist, was wir getan haben.“

„Das könnte heikel werden“, krächzte Zack, der es sich auf einem Kissen bequem gemacht hatte. Es sah aus, als würde er brüten. „Ich möchte lieber nicht wissen, was Zenobius davon hält, dass wir einen seiner wertvollen Zaubersprüche verwendet haben, um ein Ungeheuer in einen Meermann zu verwandeln.“

Zacks Bedenken waren völlig unbegründet. Als die drei zum Ostturm zurückkehrten, wurden sie von Tirza, die sich schon Sorgen um sie gemacht hatte, überschwänglich begrüßt. Dann kletterten die Freunde die Stufen zum Turmzimmer hinauf. Zenobius hatte gerade einen neuen Zauberspruch vollendet und war in allerbester Stimmung.

„Kommt herein“, rief er mit dröhnender Stimme und blickte auf die Gefährten hinunter. „Ich möchte wissen, was alles passiert ist.“

„Alles?“, fragte Zack unangenehm berührt.

„Alles“, erwiderte der Herr der Wünsche mit fester Stimme.

„Also“, begann Sebastian und holte tief Luft. „Dann beginne ich am besten mal mit den Delfinen, die uns über die Bucht zu den Kristallhöhlen gezogen haben ...“

Wild gestikulierend erzählten die drei Freunde nun das gesamte Abenteuer.

„Zenobius war sehr zufrieden, oder?“, murmelte Selina verträumt, während sie sich später erneut in die Bootskissen schmiegte. Sebastian und Zack brachten sie nach Hause.

Der Zauberlehrling stützte sich einen Moment auf die Stange und dachte nach. „Ja“, sagte er dann, „das glaube ich auch.“

„Auf jeden Fall hat er in seiner abschließenden Beurteilung einige ziemlich lange und tolle Wörter benutzt“, gackerte Zack. „Er meinte, wir seien mitfühlend, scharfsinnig, wagemutig ... Wenn du so weitermachst, kriegst du bald deine Goldenen Sporen, Sebastian.“

„Hoffentlich nicht allzu bald“, rutschte es Selina heraus. „Wenn du selbst ein richtiger Herr der Wünsche bist, brauchst du mich bestimmt nicht mehr. Außer natürlich, um dir beim Auswendiglernen der Zaubersprüche zu helfen.“

„Und für den ganzen Rest“, gackerte Zack. Selina und Sebastian wurden beide rot im Gesicht.

Die Freunde kamen schnell voran. Als Selina durch den Nebel hindurch die Umrisse der Weiden sah, wurde ihr das Herz schwer, denn sie war fast zu Hause.

„Ich glaube, wir sind pünktlich“, sagte Sebastian. „In meiner Welt vergeht die Zeit ja viel schneller als bei euch Menschen.“

„Ich will gar nicht nach Hause“, sagte Selina und sah Sebastian an. „Ich würde viel lieber bei dir bleiben. Und bei dir natürlich auch, Zack“, fügte sie hastig hinzu, als der Rabe beleidigt mit den Flügeln schlug. „Aber ich muss zu dieser blöden Schulparty. Dabei hab ich gar keine Lust, weil diese Zicke Jessica auch da sein wird.“

„Dann geh doch einfach nicht hin“, krächzte Zack.

Selina seufzte. „Das kann ich nicht machen. Meine Freundin Lara wartet dort auf mich."

Sebastian lenkte das Boot unter den Weiden ans Ufer.

„Wirst du zurückkommen?", fragte sie besorgt, als er aus dem Boot stieg, sich umdrehte und ihr die Hand hinhielt.

„Natürlich werde ich das", sagte er mit sanfter Stimme. „Davon kann mich nichts abhalten. Sobald es einen Wunsch zu erfüllen gibt, hole ich dich ab. Versprochen."

„Auf Wiedersehen, Sebastian", flüsterte Selina und nahm ihren Freund kurz in die Arme. „Tschüss, Zack."

„Bis bald, Selina", riefen ihr die Freunde beim Ablegen zu.

Sie stand am Ufer und versuchte, die Tränen wegzublinzeln, die ihr in die Augen geschossen waren. Langsam glitt das Boot außer Sichtweite.

Selina hatte gerade noch Zeit, ihre Schuluniform auszuziehen und in das türkisfarbene Top und den passenden Rock zu schlüpfen. Auf einmal machte es ihr gar nichts mehr aus, die Sachen anzuziehen, die ihre Mutter ihr herausgelegt hatte. Sie hatten nämlich ähnliche Farben wie der Tauchanzug, den sie auf ihrer Reise zum Grund des Meeres getragen hatte.

Nachdem sie die Muffins und Sandwiches von ihrer Mutter eingepackt hatte, lief sie zur Schule. Als sie dort ankam, war sie völlig außer Atem.

Lara kam ihr entgegengerannt. „Da bist du ja, Selina. Ich dachte, du kommst nicht mehr“, rief sie. „Wetten, du errätst nicht, was Jessica passiert ist?“, quasselte sie aufgeregt. Selina spürte, dass Lara förmlich darauf brannte, es ihr so schnell wie möglich zu erzählen.

„Nein, was denn?“, fragte Selina ohne großes Interesse. Was auch immer mit Jessica geschehen war, konnte nicht halb so aufregend sein wie das, was sie erlebt hatte.

„Also, du weißt doch, dass sie heute Morgen mit ihren neuen Klamotten angegeben hat.“

„Du meinst dieses goldene Top und den brandneuen Designerrock?“, fragte Selina und äffte dabei Jessicas Stimme gekonnt nach.

„Genau.“ Lara kicherte. „Auf dem Weg zur Schule ist ihr dann etwas völlig Unglaubliches passiert.“

„Und das wäre?“ Jetzt war Selina doch neugierig.

„Jemand hat Jessica mit blauschwarzer Tinte vollgespritzt.“

Selina blieb stehen und starrte Lara an. „Mit Tinte?“, fragte sie erstaunt.

„Jedenfalls sah das Zeug so aus“, erwiderte Lara. „Ich hab sie gesehen. Jessica war von oben bis unten voll damit. Es war in ihrem Haar ... und einfach überall. Sie musste nach Hause gehen. Wahrscheinlich dauert es eine Ewigkeit, das alles wieder rauszuwaschen. Die wird garantiert die Party verpassen.“ Lara grinste breit.

„Äh ... weiß sie denn, wer sie mit dieser Tinte bespritzt hat?“, fragte Selina, die einen schier unglaublichen Verdacht hatte.

„Na ja, sie erinnert sich nur daran, einen großen schwarzen Vogel gesehen zu haben. Aber welcher Vogel verspritzt schon Tinte?“ Lara verzog spöttisch den Mund.

Ohne Selina die Chance zu lassen, etwas zu erwidern, schnatterte sie weiter. „Und dann hat Jessica angeblich noch ein lautes Gackern gehört, so als würde sich jemand über sie lustig machen.

Das kann aber auf keinen Fall ein Vogel gewesen sein."

„Wirklich erstaunlich", sagte Selina leise. „Wer das wohl gewesen ist?", fügte sie dann noch scheinheilig hinzu.

„Tja, wer weiß", entgegnete Lara. „Eigentlich sollte uns die arme Jessica leidtun, aber ich muss immer lachen, wenn ich nur daran denke. Sie sah so komisch aus, und alle haben sie in dem Aufzug gesehen, sogar Jonas. Du weißt schon, der Junge, von dem sie schwärmt. Ausgerechnet er hat lauter gelacht als jeder andere."

Während die Freundinnen zum Büfett gingen, redete Lara ohne Punkt und Komma weiter. „Ich finde, es geschieht ihr recht. Vielleicht ist Jessica ab jetzt etwas netter, Selina. Seien wir doch mal ehrlich, sie war richtig gemein zu dir."

„Ja", sagte Selina seufzend. „Das war sie."

Dann grinste sie Lara an und sagte: „Du, jetzt freue ich mich doch noch auf die Party."

COLLECTION S.FISCHER

Josefa Nadler erwartet in Monika Marons so erfolgreichem Roman »Flugasche«, daß die anderen auf ihr Verhalten eingehen. Als dies nicht geschieht, sieht sie sich gezwungen, die alten Beziehungen aufzulösen, sich auf sich selbst zurückzuziehen. Monika Maron radikalisiert in den fünf Texten, die der Band »Das Mißverständnis« zusammenfaßt, dieses eine Thema: die Erwartung, die man von sich und von den anderen hat.

Das Spektrum der Texte reicht vom realistischen über das surreale Erzählen bis zum Märchen und zum hellwachen, aber unerbittlichen Traumspiel. Sie alle sind beklemmende Variationen über den Zusammenbruch der Beziehungen: zwischen dem Ich und dem Du, zwischen dem einzelnen und der größeren Gruppe. Ein Bruch, der quer durch die Gesellschaft geht, der die Frau vom Mann, die Oberen von den Unteren und die Dichter von den Menschen, und umgekehrt, getrennt hat. Man liebt, was sich einem entzieht; man bricht auf, ohne ein Ziel zu haben; man wirft all seine Sehnsucht auf das Unmögliche.